Ayiti tounen vin jwenn Bondye

Otè: BITOL Odule

« Pwoblèm peyi dAyiti pa ni sosyal ni materyèl, men se yon pwoblèm espirityèl. »

Apot Odule Bitol

AYITI TOUNEN VIN JWENN BONDYE
Copyright © 2020 by Apot Odule Bitol

All rights reserved. No part of this publication may be reproduced, distributed, or transmitted in any form or by any means, including photocopying, recording, or other electronic or mechanical methods, without the prior written permission of the publisher or author, except in the case of brief quotations embodied in critical reviews and certain other noncommercial uses permitted by copyright law.

Although every precaution has been taken to verify the accuracy of the information contained herein, the author and publisher assume no responsibility for any errors or omissions. No liability is assumed for damages that may result from the use of information contained within.

Library of Congress Control Number: 2020911438
ISBN-13:   Paperback: 978-1-64749-164-2

Printed in the United States of America

GoToPublish LLC
1-888-337-1724
www. Gotopublish. Com
info@gotopublish. Com

*M*pa t ap santi m byen antanke Ayisyen, pou m ta soti liv sa nan plizyè lòt lang epi pou m pa ta soti l nan lang Ayisyen an ki se lang Bondye te bay zansèt nou yo pou l te kapab ini yo antanke yon nasyon. Pa bliye lang nou an se efò n ap fè pou n ekri ladan l k ap rive pèfeksyone l.

Apot Bitol Odule

Dedikas

*M*wen dedye liv sa ak nasyon ayisyèn nan, epi ak tout lòt nasyon ki nan menm pwoblèm avè n, k ap chache yon solisyon. M ap konseye nou chwazi menm chimen Bondye pèmèt mwen pran pou m kapab gide nasyon m nan. *Tounen vin jwenn mwen pou nou ka delivre, nou tout ki rete sou latè ! Paske mwen se Bondye, pa gen lòt. (Ezayi 45 : 22).*

TAB TIT YO

Chapit 1: Pwoblèm peyi dAyiti 23

  a) Lidè kowompi 26
  b) Feblès sistèm jidisyè nou an 36
  c) Yo met Jenès nou an sou
     kote-kle avni peyi a 40
  d) Pwoteje pitit nou 43
  e) Enfliyans santimantal 47

Chapit 2 : Orijin nasyon Ayisyèn nan 52

  a) Yon Peyi divize pa la pou lontan 62
  b) Ayiti ap sèvi satan 66
  c) Twonpèt la sonnen 70

Chapit 3 : Resanblans ant Ayiti e Izrayèl 75

  a) Engratitid nan je Bondye 76
  b) Rezilta lè n dezobeyi Bondye 82
  c) Laverite a ap libere nou 90

Chapit 4: Ayiti tounen vin jwenn Bondye 95
   a) Kisa k verite a 97
   b) Ayiti reveye w 100

Chapit 5 : yon pi Bon wout 108
   a) Se pou'n pran responsablite nou
      epi pou n repanti 113
   b) An n ret soude 115
   c) Yon pi bon wout 118

Chapit 6 : patisipasyon ak objektif 120
   a) Nou tout koupab 121
   b) Ann gade menm kote 124
   c) Konpòtman nou dwe genyen pou n reyisi
      kanpay espirityèl la 126

Chapit 7: Bon jan lidè a 131
   a) Karakteristik yon bon jan lidè a 134

Finisman an 139
Plan ki sove a 143

Premye koze

1 2 janvye 2010, yon gwo tranblemann tè frape peyi dAyiti, li touye 220.000 moun epi li kite plis pase 300.000 moun ki blese ak plis pase yon milyon moun ki pa gen kote pou yo rete.

San okenn dout, nasyon ayisyèn nan se youn nan nasyon ki pi soufri nan tout emisfè sa depi deklarasyon endepandans li an janvye 1804. Antanke dezyèm peyi nan Lamerik la e premye peyi nan Lamerik latin ki pwoklame endepandans, li pase anba tout kalite katastwòf, youn pi rèd pase lòt pandan tout desanzan istwa li antanke repiblik. Nasyon Ayisyèn nan travèse lesklavaj, lagè, diktati, okipasyon, epidemi, tranblemann tè ak enstabilite politik pou n site sa yo sèlman.

Nan liv sa, Apot Bitol touche yon sijè ki fè anpil pale tankou enpòtans jenès la, ròl li dwe jwe nan yon sosyete modèn, ak poukisa nou ta dwe ba yo opòtinite pou yo prepare tèt yon nan zafè lekòl. Yo se avni peyi a e yo se veritab enstriman devlopman li. P ap kapab gen devlopman fiti si nou pa edike powochèn jenerasyon k ap gen pou vin lidè peyi a.

Apot Bitol manyen tou kèk dosye ki bay anpil pwoblèm, tankou: « Feblès sistèm jidisyè » e « Ayiti ap sèvi Satan ». De tèm sa yo gen anpil pou wè nan fondman nasyon an. Moun ki pòv an Ayiti yo ak sa ki pa itil tèt yo anyen soufri chak jou Bondye mete akoz fòs kote ak koripsyon ki genyen nan sistèm jidisyè a. Otè a fè konnen klèman ke soufrans anpil nasyon se rezilta dezobeyisans ak move pratik tankou fè maji, fè moun tounen zonbi, sakrifye moun ak bèt, Tout bagay sa yo se bagay sal yo ye nan je Bondye.

Gras ak sijè sa yo e anpil lòt ankò, otè Ayiti, tounen vin jwenn Bondye eseye reveye pèp ayisyen an nan somèy espirityèl li ye a depi plis pase desanzan. Dezi li se pou l louvri je pèp ayisyen ak laverite ki nan pawòl Bondye, se poutèt sa, Efezyen 5 : 14 deklare : « Reveye w, ou menm k ap dòmi pami mò yo, Kris la va klere ou. »

Nan lekti ou atravè liv sa ou va jwenn repons anpil keksyon ki gen rapò ak kondisyon nasyon sa. Yon bagay ki si e sèten, Apot Bitol jwenn chimen bòn repons la atravè analiz li fè nan pawòl Bondye a.

Mwen mande Bondye pou li louvri je w ak kè w nan lekti sa, pou w kapab priye pou peyi dAyiti.

Premye koze

Priye pou Kris la ka voye limyè li sou peyi dAyiti pou pèp Ayisyen an kapab soti nan fè nwa.

Lorenzo Mota King
Direktè ekzekitif sèvis sosyal legliz nan Repiblik dominikèn
Pastè legliz kretyèn kominote

Pwològ

Se vre: n ap viv kounye a epòk levanjil revolisyonè ke nou te kapab santi depi kat dènyè deseni sa yo. Bondye ap reveye pèp li a e anpil bagay kòmanse ap pase. Lespri Bondye touche kè moun k ap chache l tout bon vre, e nou rejwi lè li revele nou glwa li.

Mwen gen opòtinite pou m prezante bèl liv sa, ke Odule Bitol ki se zanmi m ak frè m nan lafwa ekri. Sa gen plizyè ane depi m te rankontre l Tampa, nan Florid. Depi lè sa nou te vin gen yon inite espirityèl ke Bondye te pèmèt devlope chak jou pi plis, jiskaske nou te vin rive ap fè wout Levanjil la kòtakòt. Pou mwen li se yon gwo sipò, yon gran konseye e yon gid nan tout sa m ap fè nan lavi m.

Li se yon nonm ki gen karaktè, men an menm tan ki saj epi ki gen soumisyon. Li reponn apèl Bondye pou l ekri sou pwoblèm peyi l nan yon moman ki difisil anpil nan istwa yo. Se yon moman kote peyi l ap fè fas ak anpil kriz, e mwen kwè ke Apot Bitol konsantre l sou reyalite ak orijin tout pwoblèm pèp ayisyen an e fè apèl sa pou yo kapab louvri je yo epi tounen vin jwenn Bondye delivrans ak Sali yo a.

Se yon apèl pou pèp ayisyen an reveye l pou li kapab wè vrè rezon pwoblèm li yo, pou li kapab gen yon chanjman ekonomik ak sosyal. Li fè lektè a tounen nan orijin pèp sa pou eseye ede l konprann rasin pwoblèm yo. Liv sa fè lektè a tounen nan orijin peyi dAyiti, li mennen pase a nan prezan pou n kapab konprann reyalite nasyon Ayisyèn nan, san li pa janm kite prensip ak règ ki nan pawòl Bondye a, li vin parèt klè nèt ke se pèp Ayisyen an menm ki rale tout pwoblèm sa yo sou yo.

Lanmou pwofon ke li gen pou peyi l pouse l ankouraje chak grenn Ayisyen pou yo chita nan lekti Labib ki se pawòl Bondye a, Pou yo fè yon rankont pèsonèl avèk sèl Bondye toutbon an, chanje direksyon epi pote chanjman dirab nan bèl nasyon sa.

Li fè yon bèl konparezon biblik ant pèp ayisyen ak pèp Izrayèl, li montre feblès ak erè pèp Izrayèl nan Ansyen Testaman an epi li konpare l ak pwoblèm e reyalite ayisyèn nan jounen jodi a, sa ki vin ranfòse kwayans nou ke pwoblèm peyi dAyiti pa ni sosyal ni materyèl men li se yon pwoblèm espirityèl.

Gras ak anpil analiz e yon konparezon avèk pawòl Bondye, li montre nou ke nasyon ayisyèn nan dwe ini yo nan menm lespri a epi fè yon aksyon espirityèl pou chanjman yo kapab pwodui. Revelasyon sa ap ede tou tout lòt nasyon ki te mal manyen pwoblèm pa yo.

Avèk paj sa yo, ou va wè veritab rezon ki fè pèp ayisyen an soufri konsa, epi w ap kapab kontribye

Pwològ

nan fason ki pi senp e ki pi efikas ki genyen pou ede pèp ayisyen an, ki se lapriyè.

Revelasyon sa Apot Bitol resevwa a vini nan moman ki pi kritik nan tout istwa pèp Ayisyen an. Mwen kwè ke liv sa ap pote bon jan asistans bay kèlkeswa moun ki ta renmen wè yon transfòmasyon reyèl, pa sèlman an Ayiti men nan tout peyi ki ap fè fas ak menm pwoblèm espirityèl sa yo.

Anfen, menm jan Bondye pa mwayen Sentespri l te konn enspire anpil gwo nèg tankou Pòl, Pyè, Lik, Jan, elatriye, se konsa Li kontinye mete enspirasyon nan kè lòt moun k ap chache l tout bon vre tankou Apot Bitol. Se pou poutèt sa espesyalman ke liv sa te ekri e ke yo ban nou li tankou yon estriman k ap kapab pote transfòmasyon ak chanjman.

Mwen pa t ap ka fini san mwen pa remèsye Apot Bitol poutèt li ban m privilèj pou m entwodui liv sa. Se pou Bondye beni paj sa yo e pèmèt yo pete yon revolisyon nan kè chak grenn Ayisyen. M ap mete dezi m ak pa Apot Bitol yo pou m ekzòte Ayiti Tounen Vin Jwenn Bondye.

Rafael L. Almonte, Pastè

Entwodiksyon

Pwoblèm nasyon nou an pa ni sosyal, ni materyèl. Pwoblèm materyèl ak sosyal yo toujou rezoud nan yon fason oubyen nan yon lòt. Lè yon nasyon rejte grandè Bondye, konsekans la tonbe nan kondisyon sosyal ak materyèl peyi sa e fè l degrade chak jou pi plis. Pwoblèm nou dwe chache jwenn solisyon l pou n ka pote chanjman reyèl la se nan nou menm menm li ye, li pa deyò. Lè n ap gade sa k ap pase chak jou nan nasyon nou an, nou kapab wè olye li vanse douvan, li tounen dèyè.

Mwen pa gen okenn dout ke anpil moun manifeste entansyon yo genyen pou ede Ayiti kanpe devan kriz l ap travèse nan sitiyasyon sosyal ak ekonomik li. M ap remèsye ak tout kè m tout nasyon ki gen bon lide e ki ofri pèp Ayisyen an èd yo. Men, malgre tout sipò sa yo nou toujou ap make pa sou plas, akoz nou pa t janm retounen nan orijin nou pou n al chache jwenn rasin pwoblèm nan. Otamatikman nou jwenn li, kisa nou dwe fè pou nou pote yon solisyon ? Liv sa se rezilta rechèch mwen lè m t ap chache repons la.

Mwen pwopoze repons ke nou chache e nou jwenn nan pawòl Bondye. M pral ede w konprann ke tout sa ou wè k ap pase nan kilti nou ak peyi nou se akoz nou vire do bay Bondye. Men, solisyon an nou ka jwenn li si nou tounen vin jwenn Bondye.

Bondye di nou nan Bib la, nou dwe bliye tout s ak pase, epoutan li vle nou aprann de yo. Atravè lavi pwofèt Jonas, Sentespi Bondye ouvè lespri m e aprann mwen kòman pou m ede sila yo k ap mouri akoz yo pa konnen byen Bondye toutbon an. Li montre m ke yon sevitè Bondye pa dwe egoyis, e ke li dwe mete l osèvis tout moun Bondye mete sou wout li, san eksepsyon.

Frè m ak sè m yo, Bondye chwazi moman espesyal sa, pou l plante yon semans konesans nan lavi nou. Li vle aprann nou kòman pou n fè fas ak nenpòt defi ki kanpe tenn fas devan nou. Bondye pèmèt mwen sousye de tribilasyon n ap travèse nan lavi nou. Bondye vle n konnen kèlkeswa sa k ap pase nan lavi n, repons n ap chache a tou pre nou.

Li la tou pre nou, li nan bouch nou, li nan tèt nou pou nou ka fè sa l mande nou fè a. Deteronòm 30: 14

Bondye di nou jodi a :

Tounen vin jwenn Senyè a, pandan nou ka jwenn li an. Lapriyè nan pye l pandan li tou pre nou an (Ezayi 55: 6).

Depi kounye a menm, mwen vle n kanpe pou nou goumen pou sa ki bon pou lavi nou nan non Jezi.

Entwodiksyon

Mwen priye Bondye toupisan an pou li veye sou lavi nou epi veye tout kote n ap met pye n nan non Jezi.

Mwen remèsye Bondye ak tout kè m paske li sèvi avè m pou m ekri liv sa, epi mwen kwè ak tout kè m tout moun ki kwè nan verite ke Bondye ban mwen pou m pataje a, ap enplike yo nan gran objektif sa Bondye met sou kè mwen an. Menm jan m ap pataje istwa pèp Ayisyen, m'ap priye tou pou yo tout reyalize ke yo bezwen tounen vin jwenn Bondye.

« Bondye papa nou, ou menm ki fè syèl la, tè a, lanmè a, ak tout sa ki ladann, nan non Jezi m ap mande w pou louvri lespri tout moun k ap li liv sa pou byen peyi a. Mwen priye w nan non Jezikris sovè nou an. »
Amèn !

Kounye a li avèk yon lespri byen dispoze pou n ka konprann sa k ap pase nan peyi n, se pou Bondye beni nou nan lanmou enfini li a epi pou l revele nou tout laverite ki gen nan pawòl li.

Apòt Odule Bitol

Bondye, gen pitye pou Ayiti!

Ou menm ki chita sou fotèy ou nan syèl la ap gouvènen, se bò kote ou mwen leve je mwen. Menm jan domestik la ap gade sou mèt li, menm jan sèvant la ap gade sou metrès li, se konsa m ap gade sou Senyè a, Bondye nou an, jouk la gen pitye pou nou. Gen pitye pou nou, Senyè, gen pitye pou nou, paske nou sibi kont nou anba moun k ap meprize nou yo. Moun ki alèz yo pase nou nan kont betiz. Moun k ap gonfle lestomak yo sou moun ap foule nou anba pye yo (Sòm 123).

Chapit 1

Pwoblèm peyi dAyiti

*P*ovrete touche prèske tout Ayisyen nan anpil bagay ki gen rapò ak lavi yo chak jou, tankou nan kay pou yo rete, nan manje pou yo manje, nan edikasyon, nan sante, nan kantite timoun k ap mouri, tankou nan anvironnman. Kondisyon lavi moun yo an Ayiti te toujou fèb. Ayiti, depi nan endepandans li, te toujou gen tout kalite pwoblèm. Pwoblèm materyèl, sosyal, politik ekonomik, edikatif menm relijye. Moun ki dirije nou yo pa janm pran responsablite yo, paske yo pa janm chache jwenn vrè pwoblèm nasyon an.

Kounye a nou konnen poukisa Bondye ki pou ta defann kòz nou an rete lwen nou konsa, poukisa li pa vin delivre nou. *Nou t ap tann limyè pou klere kote n ap mete pye nou, men kote nou pase se nan fè nwa nou ye (Ezayi 59 : 9).*

Kòmantè Matthew Henry a eksplike nou: Si nou fèmen je nou pou n pa wè limyè laverite Bondye a, se konsa tou Bondye ap fèmen je nou sou bagay ki ka ban nou lapè. Peche sila yo ki di yo se pèp Bondye yo pi rèd pase peche lòt pèp yo. Peche nasyon yo ap jije devan je tout moun. Moun te mèt rele, kriye, plenyen lè yo anba kalamite, men anyen p ap chanje toutotan yo voye jete Kris la ak levanjil li a.

Pèp Ayisyen an te mèt kriye, plenyen pou jan yo wè ekonomi nou an ap degringole, pou jan y ap toupizi pòv yo, men, si antan ke nasyon nou fèmen je nou sou Bondye epi nou ret ap dòmi espirityèlman, ayen p ap janm chanje. Atravè tout bagay sa yo Apot Pòl ban nou yon leson tankou li te bay nasyon yo nan nouvo testaman ki pa t konn kijan pou yo soti nan advèsite akoz yo te manke yon bagay ki enpòtan anpil.

> *Moun ki dirije nou yo pa janm pran responsablite yo, paske yo pa janm chache jwenn vrè pwoblèm nasyon an.*

Kote yo pase se dega, se malè yo kite dèyè. Yo pa konn kijan pou yo viv byen ak moun. Yo mete nan tèt yo pa gen rezon pou gen krentif pou Bondye. Women 3: 16-18

Krentif pou Bondye ke nou li nan pasaj sa vle di gen krentif pou sila a k ap korije epi wete nanm nou anba gwo touman, men lè yon moun refize gen krentif pou Bondye, l ap gen pou li mache nan yon chimen destriksyon e li p ap janm jwenn lapè ak lajwa. Li kontan ak tout moun nan tout nasyon ki gen krentif pou li epi ki fè sa ki dwat devan li. Travay 10:35 Bondye beni tout nasyon ki gen pèp ki montre yo gen kretif pou li epi k ap chahe obeyi kòmandman li. Lè yon nasyon chwazi mete lajan ak pouvwa anvan Bondye, li pa ka pwospere. San benediksyon Bondye, nasyon an lage san siveyans e nenpòt grand pisans ka met men sou li, l ap tonbe bout pou bout nan lesklavaj anba dominasyon nenpòt pouvwa ekonomik. Pa bliye ke pawòl Bondye avèti nou ke nou pa ka sèvi de mèt an menm tan.

Pèsòn pa ka sèvi de mèt an menm tan. Li gen pou l rayi youn si li renmen lòt la. L ap sèvi youn byen e l ap meprize lòt la. Nou pa ka sèvi Bondye ak lajan an menm tan. Lik 16 : 13

Ou ta kapab mande m kòman Ayiti montre ke li p ap sèvi Bondye. Sa se youn nan keskyon nou dwe reponn si nou vle dekouvri rasin tout pwoblèm ak tout difikilte ke peyi nou ap eksperimante. Otomatikman nou avili epi ekspoze sa ki pa fè Bondye plezi a, nou kapab fè chanjman nesesè yo pou nou kòmanse rale benediksyon Bondye sou pèp la ak nan peyi nou.

Si pèp ki pote nonm nan lapriyè nan pye m, si yo soumèt devan mwen, si yo pran chache m ankò, si yo vire do bay tout vye peche yo t ap fè yo, m ap tande yo nan syèl kote m ye a, m ap padonnen peche yo, m ap fè peyi a kanpe ankò (2 Kronik 7 : 14).

Bondye di nou klè kòman nou kapab kòmanse resevwa benediksyon l nan peyi nou. Se pou nou kite tout vye bagay nan twou kote n te ye lè nou te pèp ki pa t ankò pote non Bondye a. Tankou lè nou te nan chimen dezobeyisans kote nou pa t gen okenn krentif pou Bondye, se pou n priye epi pou n chache fas Bondye pou li kapab ede nasyon nou an soti nan vye wout nou ye la epi pou nou mande l pou li fè peyi a kanpe ankò.

Lidè Kowonpi

Frè m ak sè m yo, kòman nou santi nou lè nou wè y ap maspinen yon Ayisyen parèy nou ? Mwen sèten gen anpil nan nou sa fè mal, sa fè m mal menm jan avèk nou. Mwen menm mwen santi se kòmsi se mwen yo t ap maspinen, mem mwen gen plis lapèn toujou lè mwen wè se frè k ap maspinen pwòp frè pa yo. Nou youn sipoze veye sou lòt, men se pa pou n fè sa ki pa kapab yo tounen esklav yon fason pou n chache avantaj nou nan povrete yo. Toutotan n pa fonksyone konsa peyi a p ap janm ka avanse devan e tout moun p ap janm kapab pwospere.

Lidè nou yo pa janm met an plas bon jan estrikti pou prepare ak ekipe pwochèn jenerasyon an

Pwoblèm peyi dAyiti

Sa k pi rèd, si nou ka gen pwosè youn ak lòt, sa deja montre jan nou pa bon menm. Poukisa nou pa asepte soufri lenjistis pito ? Okontrè mwen wè se nou menm k ap fè lòt lenjistis, k ap piye yo, epi ki moun n ap fè sa se pwòp frè nou nan kris la ? 1 korent 6 :7-8

Ayiti ap fè fas kounye a la ak menm pwoblèm Jwif yo t ap travèse nan tan lontan yo lè yo te retounen vin rekonstwi lavi yo jerizalèm apre yo te soti Babilòn an ekzil. Nou pa ka jwenn pi bon ankourajman ke fason Bondye toujou fè wout pou pèp li, pou li kapab tounen vin jwenn li ak tout kè li pou li ka soti nan kèlkeswa sa li ye a epi pou li gen viktwa sou nenpòt ki lennmi. Ann gade ansanm avè m sa Neyemi, yon nonm kite sansib tout bon vre pou pèp li, di nan Labib, lè li t ap fè fas ak menm pwoblèm n ap fè fas kounye a la :

« *Lè mwen menm, Neyemi, mwen tande tout plent sa yo, tout pawòl sa yo, mwen te fache anpil ; lè m fin kalkile bagay la byen nan kè m, mwen fè lide pa dòmi sou sa. Mwen denonse chèf yo, grannèg yo ak majistra yo. Mwen di yo se eksplwate y ap eksplwate frè parèy yo. Mwen fè reyini tout moun pou diskite pwoblèm nan. Epi mwen di : Nou fè tout sa nou te kapab pou nou te rachte frè jwif parèy nou yo ki te vann tèt yo bay moun lòt nasyon pou fè yo vin esklav. Kounye a se nou menm Jwif k ap fòse Jwif parèy nou vann tèt yo bay Jwif parèy yo !*

« *Tout moun rete bouch pe, yo pa t gen anyen pou reponn nan sa. Mwen di yo ankò : Sa n ap fè la pa* bon, tande ! Se pou n mache avèk krentif pou Bondye, pou nou pa bay moun lòt nasyon yo, lennmi nou yo, okazyon pase nou nan betiz. Moun lakay mwen yo ansanm ak moun pa mwen yo tou, ak mwen menm tou, nou te prete yo lajan ak ble. Nou p ap mande yo pou yo remèt nou sa yo dwe nou. Remèt yo jaden yo, pye rezen yo, pye oliv yo ak kay yo tousuit. Kite tout sa yo dwe nou pou yo, kit se lajan, kit se ble, kit se diven, kit se lwil.

« Chèf yo reponn: Wi, n ap fè l jan ou di l la, n ap renmèt yo tout sa yo te ban nou kenbe pou dèt yo. Nou p ap mande yo peye nou sa yo dwe nou.

« Lè sa mwen fè rele prèt yo, epi mwen fè chèf yo sèmante y ap fè sa yo sot pwomèt la. Apre sa mwen pran ti sak ki te mare nan ren mwen an, mwen vire l tèt anba, mwen souke l epi mwen di: Se pou Bondye pran nenpòt nan nou ki pa kenbe pwomès li, pou l souke l konsa tou. Bondye ap pran kay li ak tout lòt byen li genyen, l ap kite l san anyen.

Tout moun ki te la yo reponn : Amèn, se sa menm ! Se sa menm ! Apre sa yo fè lwanj Senyè a. Se konsa tout pèp la te kenbe pwomès yo te fè a. » (Neyemi 5: 6-13).

    Kounye a m ap mande nou, frè ayisyen m yo, nou menm ki sou tèt, tanpri souple bay sa yo ki pa janm gen yon vi miyò yon chans pou yo viv byen nan non Jezi. Sispann abize pwòp frè nou yo, paske nou tout sòti nan yon sèl san e nou gen yon sèl pase, nou youn pa plis ke lòt, men nou tout se menm. Nou pale menm lang e n ap viv nan menm peyi. M ap konseye nou pou n sispann fè menm erè nou te fè nan tan pase yo. Nou dwe chache genyen yon lòt mantalite ki chita sou pawòl Bondye.

Jezi di : se pou renmen mèt la, Bondye ou ak tout kè ou, ak tout nanm ou, ak tout lide ou. Se kòmandman sa ki pi gwo, ki pi konsekan. Men dezyèm kòmandman an ki gen menm enpòtans ak premye a : se pou renmen frè parèy ou tankou ou renmen pwòp tèt ou. (Matye 22 : 37-39).

Neyemi ban nou yon ekzanp valab, sou ki jan nou dwe sèvi ak pwòp pèp nou. Pawòl Neyemi yo ede m konprann ke nan tout okazyon nou dwe bay sa k dwat priyorite pou byen pèp la. Jezi ban nou menm kòmandman an nan Lik 17: 3-4

Veye kò nou byen. Si frè ou tonbe nan peche, rale zòrèy li. Si li chanje konpòtman li, padonnen li. Si nan yon sèl jounen li peche sèt fwa kont ou, si tou lè sèt fwa yo, li tounen vin jwenn ou pou l di ou : Mwen p ap fè sa ankò, se pou ou padonnen li.

Kòmantè Matthew Henry a di nou konsa : Kretyen pa dwe ap goumen youn ak lòt, paske yo se frè. Sa ap pèmèt yo nan anpil okazyon evite fè pwosè epi mete yon bout nan anpil diskisyon ak konfli. Lè moun fè nou menm ak fanmi nou gwo tò, nou kapab itilize mwayen ke lalwa prevwa pou nou regle sa, men nou menm kretyen nou ta dwe toujou prè pou padone.

Nou dwe evite tout bagay ki ka fè diskisyon. Se yon bann bagay san sans ki toujou mennen diskisyon, bagay ki ta kapab regle byen fasil si nou kòmanse eseye kontwole lespri nou. Se pou nou youn tolere lòt epi se pou nou kontwole tèt nou, konsa l ap pi fasil pou moun ki gen sajès ak krentif pou Bondye mete yon bout nan diskisyon nou. Se yon wont pou wè ak ki vitès ke nenpòt ti diskisyon grandi nan mitan nou jiskaske antanke frè nou vin pa ka jwenn solisyon l. Lapè yon nonm se nan lespri l li ye e lapè nan katye l gen plis valè ke yon viktwa. Pa ta dwe gen pwosè nan mitan frè sèlman si yo ta kenbe yon koupab nan mitan yo.

Apot Pòl montre nouvo kretyen yo kijan nan premye lèt li voye bay tesalonisyen yo sou kòman nou ta dwe trete frè nou menm si yo ta fè nou yon bagay ki mal:

Nou mande nou, tanpri, pou nou korije moun ki pa gen lòd yo. Ankouraje sa yon ti jan kapon yo. Soutni sa ki fèb yo. Gen pasyans ak tout moun. Atansyon pou pyès moun pa rann pèsòn mal pou mal. Men chache fè bye toutan. Youn pou lòt, pou tout moun. 1 Tesalonisyen 5 : 14-15

Si nou wè frè nou pran yon move chimen, se resposablite nou pou nou ede li wè limyè pou nou ede l soti nan chimen destriksyon an : si frè ou fè ou yon bagay ki mal, ale jwenn li rele l apa. Fè l wè sa li fè a mal si li koute ou se mete w a mete frè ou ankò sou bon chimen. Matye 18 :15.Frè m ak sèm yo atansyon pou okenn nan nou pa rive gen move santiman nan kè l ki pou fè l pèdi konfyans nan Bondye, pou lè sa a, li pa vire do bay Bondye vivan an. Okontrè, chak jou, se pou nou youn ap ankouraje lòt toutotan n ap viv nan epòk Liv la rele jodi a. Piga nou youn kite peche detounen nou pou lè sa nou pa rive nan kenbe tèt ak Bondye. (Ebre 3 :12-13)

Men an menm tan lè fè nwa anvayi peyi nou, nou dwe gen kouraj pou n denonse l, kondane l, epi goumen pou n fè limyè parèt. Lè nou nan limyè, se responsablite nou pou n kenbe limyè a limen. Apot Pòl avèti nou pou n pa pèmèt fè nwa antre nan mitan nou epi gaye kò l nan mitan pèp nou an.

Paske nou konnen sa byen : okenn moun ki nan dezòd lachè, osinon ki nan lenkonduit, osinon ki remen lajan [moun sa se tankou moun k ap sèvi zidòl], okenn nan moun sa yo p ap gen pòsyon eritaj nan peyi kote Bondye ak Kris la wa a. Pa kite pèson twonpe nou ak pawòl san sans yo : se poutèt bagay sa yo menm kòlè Bondye tonbe sou moun ki refize obeyi l yo. Nou pa gen anyen pou nou wè ak moun konsa. Nan tan lontan, nou te nan fè nwa. Men kounye a, paske n ap viv ansanm nan senyè a, nou nan limyè. Se sa ki fè, fòk nou mennen tèt nou tankou moun k ap viv nan limyè a. Paske, limyè a fè moun fè bagay ki bon, bagay ki dwat ak bagay ki vre. Chache konnen sa k ap fè senyè a plezi. Nou pa gen anyen pou nou wè ak moun k ap viv nan fè nwa, moun

Lè fè nwa anvayi peyi nou, nou dwe gen kouraj pou n kondane l epi pou n denonse l.

k ap fè bagay ki p ap rapòte anyen. Okontrè, denonse yo pou sa yo ye. Bagay moun sa yo ap fè an kachèt, se yon wont menm pou pale sou sa. Men, lè ou mete tout bagay sa yo aklè nan limyè, lèzòm va wè sa y oye tout bon. Paske, tout bagay ki parèt aklè tounen limyè. Se pou tèt sa yo di : Leve non, ou menm k ap dòmi an, leve soti nan mitan mò yo. Kris la va klere ou. Se sa ki fè, konnen ki jan pou n mennen tèt nou ! pa mennen tèt nou tankou moun ki sòt, men tankou moun ki gen konprann. (Efezyen 5 :5-15).

Kòmantè Matthew Henry a avèti nou : Nou dwe derasinen tou move dezi nou gen nan kè nou. Se pou nou rayi peche. Li mete nou sou pinga nou kont zak malonèt peche a ka fè nou fè, men tou kont yon bann bagay kèk moun ka pa bay enpòtans. Men tout bagay sa yo pa vo anyen okontrè y ap pwazonnen ak sal lespri moun k ap koute yo.

Dyab la ak mechan yo pa t ap fè tèt yo soufri si yo te kite limyè a klere nan lavi yo, men yo renmen fènwa, malgre limyè a limen ozalentou yo. Se poutèt sa limyè a pa ka chanje yo, e yo p ap ka tounen limyè. (Jan 3:19-20) Apot la di nou: kounye a nou se limyè. (Efezyen 5:8) Lè nou pote limyè nou kapab ede moun ki nan fè nwa yo tounen limyè. Mennen yon lavi ki dwat, san repwòch nan kenbe fèm ak lafwa nan kris la se Zam Limyè nou (Women 13:12) pou n kapab anvayi wayòm tenèb la.

Sa m remake nan swadizan politisyen nou yo, se pou pòch yo, fanmi yo ak kòkòday yo y ap travay, se pa zafè peyi y ap regle. Yo montre nan konpòtman yo ke yo pa bay Bondye toupisan an ki sou tèt tout chèf la regle anyen pou yo. Epi sa k pi tris la, sa yo pa bay regle anyen pou yo a[pèp la], se yo menm apre Bondye ki goumen pou mete yo nan pozisyon yo ye jounen jodi a. « *Paske nan pwen otorite ki pa soti nan Bondye, epi tout otorite ki la se Bondye ki mete yo.* » *Women 13: 1 b.*

Politik an Ayiti chaje ak koripsyon, ak koriptè k ap kòwonpi lòt moun

Senyè a, Bondye a mande poukisa nou pa vle swiv kòmandman li yo ki fè n ap rale malè sou nou konsa? Nou vire do ba li, l ap vire do ban nou tou! 2 kwonik 24:20b

An 2009, Transparency International mete Ayiti an dizyèm

> *Gouvènman nou an pa defann enterè nasyon an, men sèlman enterè pa yo*

pozisyon kòm peyi ki pi kòwonpi nan mond la. Transparency International montre ke gen bon jan relasyon ant koripsyon ak povrete. Koripsyon an fè povrete a vin pi rèd paske li bese to kwasans ekonomik la. Move Sistèm fiscal mete inegalite chak jou pi plis ant moun rich ak moun pòv. Move pwogram sosyal ki pa adapte, kantite lajan pou pwoteksyon sosyal k ap bese, aksè inegal pou tout moun jwenn edikasyon. Espesyalman pou Ayiti, etid yo montre ke donatè entènasyonal yo pran tan pou yo ede peyi a akoz koripsyon ki gaye kò l tout kote ak pwoblèm estriktirèl ki genyen aktyèlman an Ayiti. Anpil òganizasyon byenfezans bay Peyi a plis pase 2.6 milya dola èd depi 1994, jiska prezan pa gen moun ki wè sa lajan sa te janm fè.

Yon politisyen oubyen yon gouvènman pa dwe kont enterè peyi l. Gouvènman nou an p ap defann enterè nasyon an, men sèlman enterè pa yo.

Yo tout, gran tankou piti, ap fè akrèk dèyè lajan. Ni prèt yo, ni pwofèt yo, yo tout ap twonpe pèp la pou fè lajan. Yo pa pran malè ki rive pèp mwen an pou anyen. Y ap plede di : Tout bagay ap mache byen, pa gen danje. Epi manti ! Anyen p ap mache. Ou kwè yo ta wont pou bagay lèd yo fè yo ! Yo pa konn sa ki rele wont. Se poutèt sa y ap tonbe menm jan tout lòt yo te tonbe. Lè m ap regle ak yo, se va bout yo. Se mwen menm Senyè a ki di sa. (Jeremi 6 : 13-15).

Bondye p ap janm pa pini mechanste, Sòm 37: 9 ban nou asirans ke moun ki mete konfyans yo nan Senyè a va pran peyi a pou yo, men, y ap disparèt mechan yo. Eske sa vle di ke nou dwe rete ap founi je nou gade epi kite Bondye fini avèk dirijan kòwonpi sa yo ke n gen la? Non! Nou se anbasadè Kris e nou dwe pote laverite Bondye a bay jenerasyon dirijan kòwonpi sa yo, epi kòmanse konvèti mechan yo an moun ki ta renmen wè bon bagay pou peyi a epi ki vle sèvi sèl vrè Bondye a.

Se sa ki fè, men sa m ap di nou, men sa m ap deklare nou nan non senyè a : sispann viv tankou moun ki pa konn Bondye epi k ap swiv lide pa yo ki pa vo anyen. Lespri yo bouche, yo p ap viv lavi Bondye bay la, paske yo pa konn anyen, kè yo fin di. Yo san wont konsa, yo lage kò yo nan tout kalite vis, yo pran plezi yo nan fè tout kalite vye bagay sal san rete. Efezyen 4: 17-19

Nou dwe montre nou gen anpil sajès epi nou dwe konte sou pisans Bondye pa sèlman pou l ede nou pa antre nan koripsyon, men tou pou n goumen pou n elimine koripsyon nan pale pawòl verite a nan lanmou. Paske sa yon moun simen, se sa li va rekòlte. (Galat 6: 7). Kijan nou ka fè sa? Efezyen 4 : 25-32 ban nou yon mwayen kote nou chak ap gen pou n kòmanse nan pwòp katye nou oubyen nan yon zòn kote nou gen anpil enfliyans, pou n ka fè laverite a rive nan tout vil yo espesyalman nan zòrey dirijan ki nan gouvènman yo.

Se poutèt sa, sispann bay manti. Se pou nou di laverite lè n ap pale ak frè nou, paske nou tout se manm yon sèl kò nou ye. Si nou ankòlè, veye kò nou pou kòlè a pa fè n fè sa ki mal. Pa al dòmi ak kòlè nan kè nou. Pa bay satan pye sou nou. Se pou moun ki te konn vòlò sispann vòlò. Okontrè se pou li travay di ak men l san fè move konbinezon, pou l sa gen dekwa bay moun ki nan bezwen. Pa kite okenn move pawòl soti nan bouch nou. Pale bon koze ki ka ede lòt yo grandi nan konfyans Bondye, koze ki ka ede yo lè yo nan move pa. Konsa se yon byen n ap fè pou moun k ap tande nou yo. Pa fè Sentespri Bondye a lapenn, paske Lespri a se mak letanp Bondye sou nou, li ban nou garanti ke Bondye ap fin delivre nou lè jou a va rive. *Piga yo jwenn nan mitan nou moun ki kenbe lòt nan kè yo, moun ki gen san wo, moun ki renmen fè kòlè. Piga yo tande woywoy ak joure nan mitan nou. Nou pa fèt pou gen okenn lòt kalite mechanste k ap fèt nan mitan nou. Okontrè, se pou nou aji byen youn ak lòt, se pou nou gen bon kè youn pou lòt, pou nou youn padonnen lòt, menm jan Bondye te padonnen nou nan Kris la.*

Feblès sistèm jidisyè nou an

Ayiti gen 59.5 nan Indis Koefisyan Gini, 10% Ayisyen ki pi rich yo resevwa 47.83% revni nasyonal la tandiske 10% ayisyen ki pi pòv yo resevwa mwens pase 0.9%. Leta Ayisyen se yon leta ki lan, ki pa bay rezilta epi ki gen yon sistèm jidisyè ki kòwonpi. Kraze zo ak kidnapin se bagay k ap fèt chak jou tandiske se pa de sitwayen ayisyen ki nan prizon san jije. Iminite avoka yo pa respekte. Pafwa avoka sibi gwo zak vyolans ak presyon poutèt yo defann kliyan yo. Anpil fwa nan tribinal yo, se prezidan an ki nonnmen jij yo sa vin fè yo pa ka rann bon jan jijman sitou lè se yon otorite ki vyole dwa yon moun.

Li enposib pou yon peyi devlope san yon sistèm jidisyè ki fò, estab

> *Bondye jis, li pa ka rete nan yon nasyon k ap fè lenjistis.*

epi k ap mache selon pawòl Bondye. Jistis fèt pou bay ak moun ki merite l. Jistis se sinonim ekite. Men pandan ke jistis vle di sèlman fè sa lalwa pozitif mande, ekite vle di fè sa ki jis e bon nan tout sikonstans. Bondye montre nou kijan yon sistèm jidisyè ta dwe fonksyone si nou vle resevwa pwoteksyon ak benediksyon l.

Na mete jij ak majistra nan chak lavil senyè a, Bondye nou an va ban nou pou dirije tout branch fanmi nou yo. Y a fè fè travay yo san patipri. Pinga yo fè okenn enjistis. Pinga yo gade sou figi moun pou jije yo, pinga yo pran lajan anba nan men pèsòn paske lajan konsa ka anpeche menm moun ki gen konprann wè klè, li ka fè nou kondane moun inosan. Pa janm kite anyen anpeche nou rann jistis jan nou dwe fè l la. Konsa n ap kapab viv, n ap kapab pran peyi Senyè a Bondye nou an, ban nou an pou nou. Detewonòm 16: 18-20.

Bondye jis, li pa ka rete kote y ap fè lenjistis. Paske li fè nou konnen atravè Labib li rayi nasyon ki p ap mache nan ladwati, li dechouke yo sou tè a nèt, menm jan li te dechouke pèp ki te abite nan peyi Kanaran anvan pèp Izrayèl la.

Konsa tou, si nou mete peyi a nan move kondisyon, peyi a pra l voye nou jete deyò menm jan li te fè l pou pèp ki te la anvan nou yo. Depi yon moun fè youn nan bagay sal sa yo, y ap wete l nan mitan pèp Bondye a. (Levitik 18: 28, 29).

Sistèm jidisyè ayisyen an malad nan tout kò l, kòmanse sou lejislatif, ekzekitif la ak tout moun ki la pou rann jistis. Bib la voye pinga bay lejislatè yo pou yo pa fè okenn lwa ki pa gen rapò ak reyalite pèp la.

Madichon pou chèf k ap bay move lòd pou kache lenjistis y ap fè, epi k ap ekri move lwa pou peze pèp la. Antanke moun ki plase pou fè lwa, nou dwe fè lwa ki nan avantaj pèp la, paske Bondye p ap pa pini moun k ap maltre pèp la, « epitou kisa n ap fè lè Bondye va fè malè sòti byen lwen vin tonbe sou nou? Kay ki moun nou pral kouri al chache sekou ak pwoteksyon? Ki kote nou pral kache tout richès nou yo ? Adye ! Y ap fè nou prizonye. Y ap depòte nou, si nou pa gen tan mouri nan lagè. Men se poko sa toujou, se atò Senyè a move. Li poko fin regle ak yo ! » (Ezayi 10 : 1, 3-4).

Nan zafè jistis an Ayiti, pòt an bwa pa goumen ak pòt an fè. Nan sistèm jidisyè nou an, tribinal yo sanble yon antepriz kote y ap fè mache nwa ak jistis. Tribinal nou yo sanble ap travay pou bay byen pèsonèl olye pou yo bay bon jan jistis. Bondye vle pou nou bay moun ki gen rezon, rezon, moun ki gen tò, tò. Se sèlman jij ki onèt ki ta dwe travay nan sistem jidisyè nou an si nou ta reyèlman vle wè peyi sa fè pwogrè ekonomik e sosyal.

Nou pa nan achte figi lè n ap jije yon bagay, se pou nou jije tout moun menm jan, kit se yon ti malere, kit se yon grannèg. Nou pa bezwen pè pèsòn paske n ap jije dapre prensip Bondye bay. Lè se yon ka ki twò difisil pou nou, pote l vin devan mwen, m a jije l mwen menm. (Detewonòm 1 : 17).

Bondye avèti nou pou nou pa fè moun okenn enjistis :

Koute sa m ap di ou : Se yon konsèy m ap ba ou pou Bondye ka ede ou. Se ou menm ki va prezante pou pèp la devan Bondye. W ap mete tout pwoblèm yo devan Bondye. (Egzòd 18 : 19).

Bondye pa t sèlman voye pwofèt yo nan ansyen testaman pou avèti pèp la sou malè ki ka tonbe sou yo, men tou, pou te ba yo chans pou yo te ka sispann fè enjistis epi kase tèt tounen nan move chimen yo te ye a. Bondye te voye pwofèt Jonas Niniv e pwofèt Amos an Izrayèl pou yo te fè konnen ke malè Bondye ka tonbe sou peyi sa yo si yo pa sisipann kouri dèye lajan, si yo pa sispann fè enjistis ak mechanste.

Menm Bondye toupisan an, aprè mechan yo fin repanti ak tout kè yo, kapab fè tristès ak doulè yo tounen lajwa ak pwosperite, se konsa tou li kapab fè richès mechan yo tounen fè nwa nèt. Moun k ap chache epi ki renmen sa ki bon kapab ede sove peyi a pou li pa fin kraze nèt. Nou ta dwe fè kèk ve ak Bondye epi sipliye li pou li ban nou yon kè ki pwòp ak yon lespri byen dispoze. Bondye toujou prè pou li fè gras ak tout nanm k ap chache l, e li toujou ekzose kè ki sensè ak dwat yo. Men jan moun ki te peche an Izrayèl yo te konn tonbe anba jijman Bondye, ebyen kounye a jijman an ap pase atravè yo.

Nou fin peze pòv malere yo, nou fòse yo ban nou nan rekòt jaden yo. Se poutèt sa nou p ap rete nan bèl gwo kay an wòch nou bati yo, ni nou p ap bwè diven ki fèt ak rezen ki soto nan bèl jaden nou te plante yo. Mwen konnen tou jan peche nou fè yo gwo anpil, jan se pa de ti Krim nou pa fè. Nou pèsekite moun serye yo. Nou pran lajan nan men moun k ap achte figi nou. Nou enpoze pòv malere yo jwenn jistis nan tribinal. Amòs 5 :11-12.

Se toutan m ap priye Bondye toupisan an pou yon jou nasyon nou an ka vire do bay vye chimen li t ap swiv la epi reyalize se lè nou tounen vin jwenn Bondye ak tout kè nou ak tout lespri nou n ap kapab soti nan chimen pèdisyon n ap kouri ak tout vitès la.

Yo met Jenès la sou kote- kle avni peyi a

« Nou pa ka konstwi lavni pou jenès nou an, men nou ka konstwi jenès nou an pou lavni » (Franklin D. Roosvelt)
Nivo edikasyon an Ayiti fèb anpil. To alfabetizasyon an Ayiti ki egal ak 53% pi ba pase to mwayen alfabetizasyon nan karayib la ak tout lamerik latin ki se 90%. Peyi a ap fè fas ak gwo pwoblèm founiti eskolè ak gwo pwoblèm pwofesè ki pa kalifye, e popilasyon k ap viv andeyò vil yo pa anpil anndan lekòl yo. Nan moman sa, gen plis lekòl prive ke lekòl leta. Malgre konstitisyon an fè gwo ekzijans pou tout timoun ka al lekòl gratis, gouvènman Ayisyen an pa janm kapab reponn ak obligasyon sa reyèlman, dayè se anviron 10% sèlman nan lajan ki soti nan trezò piblik la ke li bay pou lekòl primè ak segondè nan tout peyi a. (Wikipedia, ansiklopedi lib)
67% timoun sèlman gen chans antre nan lekòl primè, 70% ladan yo rive nan twazyèm ane tandiske 60% ladan yo kite lekòl anvan menm yo rive nan

sizyèm ane fondamantal. Youn nan rezon ki fè sa se povrete sektè edikatif Ayisyen an. Gen mwens ke 40% lekòl ki akredite, 15% pwofesè nan nivo primè yo gen kalifikasyon pedagojik ak diplòm inivèsitè. Anviron 25% ladan yo pa t janm pase nan lekòl segondè. Anpil pwofesè oblije kite metye a pou lòt travay ki pi byen peye akoz sektè edikatif la manke finansman piblik. (wikipedia ansiklopedi lib).

Sistèm edikatif la pran anpil kou tou nan men tranblemann tè 12 janvye 2010 la, Daprè òganizasyon nasyonzini pou lasyans e kilti (UNESCO), Ayiti rankontre anpil gwo defi nan sektè ansèyman siperyè a. Inivèsite an Ayiti yo pèdi yon bon kantite etidyan. Tranblemann tè a kraze epi andomaje anpil lekòl ak ekipman eskolè. Move kondisyon lavi ki gen nan peyi a se youn nan bagay ki bay jarèt ak pwoblèm mendèv kalifye nan mitan popilasyon aktiv la, avèk anviron 85% etidyan Ayisyen ki gen bon jan fòmasyon chwazi kite peyi a pou y al viv nan peyi etranje.

Youn nan lòt domèn kote dirijan nou resevwa konsèy epi aji anba pouvwa fòs mal la se swen ak fòmasyon timoun nou yo. Ayiti p ap janm ka tounen yon nasyon otonòm, pwospè ak souvren si yo pa bay fòmasyon ak ekipman jèn yo priyorite, paske se yo ki se kle avni peyi a. Mwen kwè ke youn nan pi gwo pwoblèm peyi a, se jèn nou yo yo met sou kote. Mwen sèten ròl lidè nou yo se pou sipòte jèn yo, epi ba yo bon direksyon pou yo ka prepare yo epi vin pwochèn jenerasyon dirijan peyi a, men reyèlman mwen kwè ke fòmasyon ak reyisit jenès la pa yon priyorite pou yo.

Poukisa nasyon yo ap toumante kò yo konsa? Poukisa pèp yo ap fè plan kip ap itil yo anyen? Wa latè yo pran lèzam. Chèf yo mete tèt yo Ansanm, y ap fè konplo sou do senyè a, y ap fè konplo sou do wa li chwazi a. Y ap plede di: Ann kase chenn yo mete nan pye nou yo! Ann voye yo jete! (Sòm 2: 1-3)

Ekonomi nou an tèt anba paske lidè nou yo pa janm met okenn vrè estrikti an plas pou fòme ak ekipe pwochèn jenerasyon an. Estrikti yo met an plas yo se pou sekirize tout sa ki pral anba kontwòl yo pou yo ka pi byen pwoteje enterè yo. Nenpòt kijan sa ye, pou ekonomi nou an ta pwogrese, nou dwe wete barikad ki bare chimen pwosperite jenès la. Olye pou yo ede jèn yo ki se motè peyi a devlope sa yo aprann lekòl, yo fè tout sa yo konnen pou yo kanpe l sou kous li pou li pa rive pwospere.

Li vin yon abitid nan peyi a lè yon jèn fin lekòl olye li vanse douvan, sanble se tounen li tounen dèyè konsa li aksepte tout kalite travay ki vin devan l olye li jwenn opòtinite pou li devlope talan Bondye ba li pou bonè peyi a. Si yo pa mete bon jan pwogram ki reponn ak reyalite jenès la pou fòme li ak prepare li pou lavni, y ap tounen yon chay pou sosyete a olye yo ta tounen dirijan ki ap kapab ede peyi a pwogrese ekonomikman.

Lè pa gen moun ki konn gouvènen, peyi a pa ka mache. Men lè gen anpil moun k ap bay konsèy, peyi a sove. (Pwovèb 11: 14).

Si nou pa bay jenès la mwayen pou li jwenn yon pi bon edikasyon ke sa l ap resevwa la, Si nou pa amelyore sistèm edikatif la nan mete bon jan pwogram edikatif ak bon jan inivèsite, jenès nou an ap tounen yon bann granmoun ki pa ka itil tèt yo anyen oubyen y ap oblije kite peyi a pou y al chache lavi miyò nan peyi etranje. Nou bezwen bati plis inivèsite ki gen nen nan figi yo, pou jenès la ka jwenn yon chans pou l kapab vanse douvan avek èd Bondye, pou yo kapab itilize konesans yo deja genyen an pou pwofi bèl nasyon sa, konsa y ap kapab tounen modèl dirijan peyi a bezwen pou li kapab grandi ak pwospere.

Ala bon sa bon pou moun ki pa koute konsèy mechan yo, ki pa swiv egzanp moun k ap fè sa ki mal, ki pa chita Ansanm ak moun k ap pase Bondye nan betiz, meen ki pran tout plezi l nan lalwa senyè a, k ap repase l nan tèt li lajounen kou lannwit. Li tankou yon pyebwa yo plante bò kannal dlo: li donnen lè sezon l rive. Fèy li p ap janm fennen tou sa l fè soti byen. (Sòm 1: 1-3)

Ann pwoteje timoun nou yo

Pitit se kado Bondye bay, se yon rekonpans pou manman ak papa. (Sòm 127: 3)

Yon fanmi ki edike pitit li depi nan kòmansman ede mennen peyi a nan pi bon direksyon, paske fondasyon yon nasyon chita sou fòs fanmi yo. Li difisil pou fè fas ak pwoblèm yon fanmi san bon jan tèt ansanm ak yon lafwa byen fèm nan Bondye. Yon peyi k ap pase nan yon sitiyasyon kritik epi ki pa gen yon tèt ki gen krentif pou Bondye, ap mal pou pou l sòti nan kriz ekonomik, politik ak espirityèl. Pou peyi nou soti nan sikonstans difisil li ye la, nou dwe antann nou sou kijan n ap fè bagay yo ansanm nan inite pou bonè ak pwoteksyon tout pèp nou an, espesyalman pou timoun nou yo.

Kantite timoun k ap mouri an Ayiti wo anpil. 64 timoun ki mouri sou chak 1000 timoun ki fèt, se rezilta yon sistèm sante tèt anba, tankou 45% moun ki konn li ak ekri nan peyi a se rezilta yon sistèm edikatif ki mal planifye. (Wikipedia)

Timoun se kado Bondye, yon eritaj, yon rekonpans e nou ta dwe konsidere yo tankou yon benediksyon, men pa tankou yon chay. Sila ki voye bouch la ap voye pen an tou si nou mete konfyans nou nan li. Yo se yon gwo sipò ak bon jan defans pou yon fanmi. Nou kapab leve timoun yo jan Bondye vle a, pou glwa li konsa y ap kapab sèvi jenerasyon yo an. Men lè nou kite yo ap swiv chimen koripsyon ki gen nan mond la, li ka vin twò ta pou n ta korije yo lè yo fin dejwe.

Jezi li menm avèti nou nan Matye 18: 6, kanta moun ki fè youn nan timoun sa yo ki kwè nan mwen tonbe nan peche, li ta pi bon pou li pou yo ta mare yon wòl moulen nan kou l voye l jete nan fon lanmè.

Mete sou malnitrisyon y ap soufri ak ase posiblite yo pa ofri yo pou yo jwenn bon jan edikasyon, anpil ti Ayisyen ap sibi gwo vyolans fizik.

Lè yon nèg vin papa, li kapab vin

yon bon dirijan pou kay li, menm prensip sa aplike tou nan lidèchip. Yon dirijan ki te leve nan yon bon fanmi kote yo te aprann li obeyi kòmandman Bondye ap otomatikman yon bon jan lidè ki gen kè nan men. L ap konprann ke se yon nesesite pou satisfè bezwen tout fanmi ki gen nan peyi a, kèlkeswa sitiyasyon sosyal ak ekonomik yo.

Kanta nou menm, manman ak papa, pa aji ak timoun nou yo yon jan pou pa eksite yo, men ba yo bon jan edikasyon, korije yo, pale ak yo dapre prensip Senyè a (Efezyen 6: 4).

Nou bezwen tou panse ak timoun ki pa t gen chans pou yo grandi nan yon fanmi solid. Mete sou malnitrisyon y ap soufri ak ase posiblite yo pa ofri yo pou yo rive jwenn bon jan edikasyon, anpil ti Ayisyen ap sibi gwo vyolans fizik. An 2004, Ministè Afè sosyal ak travay, fè konnen ke li resevwa plis pase 700 apèl timoun ki pote plent sou zak vyolans fizik yo sibi. Yo resevwa tou anpil enfòmasyon sou yon pwoblèm ki pi grav tankou timoun y ap maltrete (sentaniz). Komès timoun tou se yon lòt gwo pwoblèm. UNICEF estime kantite ti Ayisyen ki pase chak ane anba fleyo sa ant 2000 ak 3000.

Kisa gouvènman nou an ap fè pou ede sila yo ki pa ka soutni tèt yo, ki pa gen moun ki pou voye je sou yo epi k ap sibi move tretman ak zak kriminèl ? Kisa dirijan nou yo ap fè sou sitiyasyon timoun sa yo k ap sibi kadejak ak sila y ap fè komès ak yo a ? Paske mwen menm, nan pozisyon Bondye mete m nan, se chak jou m ap fè fas ak sitiyasyon sa yo.

Toudènyèman, mwen tande yon temwayaj tèrib sou zafè vyòl sa a. « Yon jèn fi ki gen 17 lane kounye a, t ap rakonte m jan yon jenn gason 20 lane te fè kadejak sou li lè li te gen 11 zan. Li rakonte m jan vi l ap pase mal akoz move esksperyans sa. Jèn fi sa te remèsye m anpil paske m te ba li opòtinite vide tout sa ki te sou lestomak li epi ede lfè fas ak remò l genyen nan kè li depi jou li te sibi zak malonèt sa, konsa li vin gen ase kouraj pou vanse pou pi devan nan lavi l. Istwa sa te frape lespri m anpil, paske mwen se yon papa ki gen kat pitit fi ke mwen resevwa e renmen tankou benediksyon Bondye banm. M ta swete tout papa nan peyi a reflechi sou avètisman sa !

Malerezman mwen dekouvri kijan kèk otorite ki nan gouvènman nou an ki ta dwe lite kont komès timoun ki ant 7 tan ak 15 zan ap bay move zak malonèt sa jarèt. Anpil nan dirijan nou yo toujou ap pase nan nouvèl akoz non yo toujou ap nonmen ak timoun ki poko menm nan laj pou antre nan relasyon seksyèl. M ap avèti tout moun Bondye gen yon plan pou tout moun k ap fè mal, espesyalman pou tout moun k ap fè timoun mal.

Lè mwen fè ou konnen yon mechan gen pou l mouri, si ou pa avèti l pou l kite move pant l ap swiv la pou l ka sove lavi l, l ap toujou mouri poutèt peche li fè yo, men se ou menm m ap rann responsab lanmò li. Men si ou avèti mechan an, lè fini li pa chanje, li pa kite move pant l ap swiv la, l ap mouri poutèt peche li fè yo men ou menm w ap sove lavi pa ou. (Ezekyèl 3: 18-19).

Enfliyans santimantal

Pa okipe yo! se yon bann avèg k ap mennen avèg parèy yo. Si yon avèg ap mennen yon lòt avèg, tou de gen pou tonbe nan menm twou a. (Matye 15 : 14).

Anpil fwa nou melanje santiman ak reyalite, depi gen melanj verite a p ap janm parèt. Youn nan pi gwo pwoblèm k ap kraze peyi nou an, se santiman, pwoblèm sa soti nan tradisyon lèzòm. Li lè li tan pou nou aprann kòman pou n separe santiman ak reyalite. Menm lè nou dwe gen konpasyon pou pwochen nou ak pran swen timoun ki òfelen yo, yon nasyon k ap dirije ak emosyon pa ka pwogrese. Labib montre kijan Jezi te jere pwoblèm santiman sa a, lè manman l ak frè l yo t ap chache l :

Men manman w ak frè ou yo deyò a. Yo ta renmen pale avèk ou. Men jezi reponn moun ki te di l sa a : Kilès ki manman m ? Kilès ki frè m ? Lè sa li lonje men l sou disip li yo li di : Gade non, men manman m ak frè m yo. Tout moun ki fè sa papa m ki nan syèl la mande pou yo fè, se moun sa yo ki frè m, ki sè m, ki manman m. (Matye 12 : 47-50).

Jezi te konnen ke menm lè li dwe gen anpil santiman ak atachman pou fanmi l, li gen responsablite l antanke lidè ak pwofesè lalwa Bondye. Eske li aprann nou pou n pa pran swen fanmi n ? Non ! Men li aprann nou kòman pou n jere responsablite nou. Nou nan sèvis Bondye, nou dwe pran swen fanmi nou epi sèvi pwochen nou. Li menm aprann gen kèk moman ki ka rive kote fanmi nou ka tounen kont nou nan moman pou n obeyi ak Bondye.

Nan sa k pase nan Matye 12 la, Jezi te gen tan wè se te pou detounen atansyon piblik ki t ap koute l la, men li te pwofite sa k pase a pou l te bay yon kokenn chenn leson, avèk yon sajès okenn moun pa ka imite. Epi wa Salomon tou te ban nou yon bon jan ekzanp sou ki jan yon lidè dwe mete santiman l sou kote, lè moman an rive pou dirije nasyon an avèk jistis epi sajès. Pafwa li pi difisil pou nou kanpe devan pasyon nou ke devan lennmi nou.

Pito ou aji ak pasyans pase pou ou fè fòs sou moun. Pito ou konn kontwole tèt ou pase pou ou gwo chèf lame k ap mache pran lavil. (Pwovèb 16 :32)

Kontwole pasyon nou mande pou n fè yon pi gwo efò ke si n t ap goumen pou n gen viktwa sou lennmi nou. Bondye vle nou aprann reyaji avèk jistis epi sajès.

Lè se moun serye ki chèf, pèp la kontan. Men, lè se yon mechan k ap gouvènen, pèp la nan lapenn. (Pwovèb 29: 2)

Lè yon wa pa nan patipri, peyi a kanpe byen fèm. Men, depi yon chèf nan resevwa lajan sou kote, se fini l ap fini ak peyi a. (Pwovèb 29 :4)

Anpil fwa, mwen toujou wè santiman touye rèv dirijan nou yo, menm lè yo gen bon jan entansyon. Yo dwe rezoud pwoblèm peyi a san yo pa melanje santiman ak biznis paske yo se de dosye diferan. Men s ak pase lè nou melanje yo: sa

> Kontwole pasyon nou mande yon pi gwo efò ke gen viktwa sou lennmi nou.

anpeche nou wè vrè bezwen peyi nou epi li anpeche nou satisfè bezwen reyèl nou. Mwen pè ke pafwa nan efò n ap fè pou n pwoteje kilti nou ak tradisyon kont sa k ap soti nan kilti etranje, nou rate okazyon Bondye ban nou pou nou amelyore nou.

Se konsa, avèk koutim nou yo, nou fè pawòl Bondye a pase pou anyen menm. (Matye 15:6)

Mwen wè tou pre nou la gen yon modèl ekonomik ki pwoteje sa ki pozitif nan kilti yo e amelyore ekonomi yo san yo pa vire do bay prensip moral yo. Lè presidan Repiblik dominikèn nan, Balaguer, nan ane 70 yo te bay yon ouvèti komèsyal epi voye envitasyon bay envestisè etranje yo pou li te ka pèmèt yo pwoche bò kote nasyon sa, li te fasilite devlopman endistri touristik la nan peyi li. Li ogmante kantite lajan k ap antre epi sikile nan peyi li, li kreye travay bay pèp li, epi li ba yo nouvo mwayen pou yo ka travay pou yo soti nan povrete, sa ki te vin bay ekonomi nasyon li an yon gwo bourad.

Repiblik Dominikèn gen dezyèm ekonomi ki pi gwo nan karayib la. Se yonrevni mwayen men ki siperyè ak anpil peyi an revni anpil peyi k ap devlope. Li soti nan agrikilti, komès ak sèvis, espesyalman nan touris.Menm lè sektè sèvis la dènyeman la depase agrkilti a ki se premye sous revni dominiken

yon akoz kwasans touris ak zòn franch yo, agrikilti a rete sektè ki pi enpòtan paske li satisfè bezwen alimantè pèp dominiken an e li nan dezyèm plas apre eksplwatasyon minyè sou sa li rapòte kòm resèt ki soti nan ekspòtasyon. Touris la bay leta dominiken plis pase 1 milya dola ameriken chak ane. Gras ak benefis zòn franch ak sektè touris la rapòte kòm sektè ki pi dinamik. Dapre yon rapò fon monetè entènasyonal (FMI) sòti nan ane 1999, Ameriken yo voye plis pase 1.5 milya dola ameriken chak ane an repiblik Dominikèn. Anpil nan lajan sa yo sèvi pou ede moun nan zafè kay, maje, sante, rad ak edikasyon. Dezyèmman lajan sa yo pèmè yo finansye ti biznis ak lòt aktivite pwodiktif. (Wikipedia)
Kisa ki anpeche nou devlope yon plan ekonomik nan peyi nou?

Fè atansyon pou nou pa kite pèson twonpe nou ak bèl diskou filozòf yo, ak diskisyon ki pa vo anyen. Bagay sa yo soti nan koutim lèzòm, nan jan yo konprann bagay ki nan lemonn. Yo pa soti nan kris la. (Kolosyen 2: 8)

Gen yon filozofi k ap ede nou devlope fakilte rezonab nou, se etidye travay Bondye, l ap fè nou konn Bondye e l ap grandi lafwa nou nan li. Men gen yon filozofi ki pa vo anyen epi k ap twonpe moun, menm lè li fè lèzòm plezi, li afebli lafwa yo. Moun k ap swiv lemond yo vire do bay chimen kris la.

Sa se yon avètisman nou dwe bay anpil enpòtans tankou nou bay anpil enpòtans ak kijan nou ta dwe amelyore kondisyon lavi pèp nou an ekonomikman, sosyalman ak espirityèlman. Fòk nou gen bon jan ekilib lidèchip e dirijan nou yo dwe chache sajès ki soti anwo paske yo pa oblije makonnen ak tradisyon osinon ak yon atachman emosyonèl sou sa nou te fè nan tan pase yo. Nou pral wè kòman pou nou fè ekilib sa nan etid nou pral fè sou orijin nou nan chapit k ap vin apre a.

Lè gen jistis nan yon peyi, sa leve peyi a. Men, peche lenjistis se yon wont pou yon nasyon. (Pwovèb 14:34)

Kote rasin pwoblèm yo soti?

> Moun ki dirije nou yo pa janm pran responsablite yo, paske yo pa janm chache jwenn vrè pwoblèm nasyon an.
> Politik an Ayiti chaje ak koripsyon, ak koriptè k ap kòwonpi lòt moun
> **Lidè nou yo pa janm met an plas bon jan estrikti pou prepare ak ekipe pwochèn jenerasyon an**
> Mete sou malnitrisyon y ap soufri ak ase posiblite yo pa ofri yo pou yo jwenn bon jan edikasyon, anpil ti Ayisyen ap sibi gwo vyolans fizik.
> Fòk nou gen bon jan ekilib lidèchip e dirijan nou yo dwe chache sajès ki soti anwo paske yo pa oblije makonnen ak tradisyon osinon ak yon atachman emosyonèl sou sa nou te fè nan tan pase yo

Chapit 2

Orijin peyi dAyiti

Se li menm tou ki kreye tout nasyon ki rete toupatou sou latè. Li fè yo tout soti nan yon sèl moun. Li te fikse davans tan ki pou yo chak, ak limit kote yo chak rete (Travay 17: 26).

Chapit 2: Orijin peyi dAyiti

*L*istwa toujou bezwen yon moun ki pou kòmanse l. Nan kòmansman Bondye kreye syèl la ak tè a, sa pèmèt mwen menm avèk ou konprann ke Bondye se papa listwa e antanke papa listwa, li toujou prepare moun li rele pou li kontinye listwa. Men Apèl sa depann de fason nou jere l.

Pou n ka byen etidye istwa nasyon Ayisyèn nan, nou dwe retounen nan orijin limanite. Labib di nou Adan se premye nonm ki te sou latè e Èv se te premye fanm e li vin madan Adan. Nou tout nou se desandan Adan ak Èv. Bondye mete yo nan jaden Edenn epi li ba yo kòmandman li pou yo ka akonpli misyon yo sou latè.

Senyè a, Bondye a, pran nonm lan li mete l nan jaden Edenn lan, pou l travay li, pou l pran swen l. senyè a, Bondye a bay nonm lan lòd sa a: ou mèt manje donn tout pye bwa ki gen nan jaden an. Men, piga ou manje donn pye bwa ki fè moun konnen sa ki byen ak sa ki mal la. Paske, jou ou manje l, w ap mouri. (Jenèz 2 : 15-17)

Bondye kreye moun, li fè l pòtre ak li. Li kreye yo gason ak fi. Li ba yo benediksyon, li di : fè pitit, fè anpil pitit mete sou tè a. Donte tè a. mwen ban nou pouvwa sou pwason ki nan lanmè, sou zwazo ki nan syèl al, ak sou bèt ki vivan k ap mache sou tè a. (Jenèz 1: 27-28)

Bondye beni Adan e Èv nan pawòl sa : Fè pitit, fè anpil pitit mete sou tè a. Yo te bon zanmi Bondye ki te ba yo otorite sou tout kreyasyon an. Men paske yo dezobeyi kòmandman Bondye, yo te vin pèdi tout otorite yo te genyen, epi yo te kite pou nou peche kòm eritaj.

Se pou tèt yon sèl moun peche antre sou latè. Peche louvri pòt pou lanmò. Se konsa lanmò vin pou tout moun... Tout moun fè peche ; yo tout vire do bay Bondye ki gen pouvwa a. (Women 5 : 12 ; 3 : 23).

Men Bondye, nan lanmou san mezi li a, te prepare pou nou yon fason pou nou te kapab sove, nan dezyèm Adam :

Paske li si tèlman renmen lèzòm, li bay sèl pitit li a pou yo. Tout moun ki va mete konfyans yo nan li p ap pèdi lavi yo. Okontrè y ap gen lavi ki p ap janm fini an. Bondye pa t voye pitit li a sou latè pou kondane lèzòm, men pito pou l te kapab delivre yo (Jan 3: 16,17).

Otorite sa nou te pèdi akòz peche a nan jaden edenn nan, nou vin reprann li ankò nan sakrifis dezyèm Adam an ki se Jezikris, lè li te bay tèt li pou li mouri sou lakwa pou peche nou yo.

Se poutèt sa, Kris la se yon avoka ki tabli yon nouvo kontra ant Bondye ak lèzòm. Konsa, moun Bondye rele yo ka resevwa eritaj ki la pou tout tan an, jan Bondye te pwomèt la. Tout sa, paske Kris la mouri.

Avèk mouri li mouri a, li delivre tout moun anba chèn peche yo te fè sou premye kontra a (Ebre 9 : 15).

Men se soufrans pou nou ta soufri a li t ap soufri pou nou. Se doulè pou nou ta santi nan kò pa nou li te pran sou do l. Nou menm menm, nou te konprann se pini Bondye t ap pini l. Nou te konprann se frape Bondye t ap frape l, se kraze Bondye t ap kraze l anba men l. Men se pou peche nou yo, yo te mete san l deyò konsa. Se akòz peche nou yo yo te kraze l anba kou konsa. Chatiman ki te pou nou an, se sou li li tonbe. Se konsa li ban nou kè poze. Avèk tout kou li resevwa yo, li ban nou gerizon. (Ezayi 53 : 4-5).

Kòm nou te eritye nan men premye Adan an defisi peche a ki lakoz separasyon limanite avèk Bondye, kounye a nou bezwen louvri je nou ase pou n reyalize ke nou bezwen benediksyon salvatris la nan men dezyèm Adan an, JeziKris.

Bondye aji konsa dapre plan ki te la depi lontan an. Se plan sa li reyalize nan Jezikri, Senyè nou an. Ak lavi n ap mennen ansanm nan Kris la, granmèsi konfyans nou gen nan li a, nou lib pou nou pwoche devan Bondye san kè sote (Efezyen 3 : 12).

Se yon fyète pou mwen pou m nonmen non dezyèm Adan an ki te vini antanke wa, ki te fèt wa, ki te mouri tankou wa, ki resisite wa, ki monte nan syèl wa e k ap retounen wa e k ap rete wa pou toutan, se li menm pou tèt pa l ki chwazi mete sa sou kote, li te pito tounen yon domestik. Li pran fòm yon moun, li vin tankou tout moun (Filipyen 2: 7). Jezikris vini pou l rekonsilye nou avèk Bondye vivan an, pou ede nou konprann kote nou soti ak ki bò nou dwe ale. Yo rele l bon konseye k ap fè bèl bagay la, Bondye ki gen tout pouvwa a, wa k ap bay kè poze a ! (Ezayi 9 : 6).

Labib rakonte istwa Kèk nonm ki te chwazi vire do bay tout bagay pou yo te kapab sèvi peyi yo ak tout kè yo, konsa yo te make listwa limanite ak listwa peyi yo pozitivman. Nasyon ayisyèn nan se youn nan nasyon yo rakonte listwa l nan tout mond la pou kouraj li ak efò li fè antanke premye repiblik nwa ki goumen pou pran endepandans li an 1804. Men anpil nan nou gen kouraj pou nou rekonèt ke nou vire do bay Bondye depi nan fondasyon nasyon nou an.

Gen anpil gwo mèvèy ki anrejistre nan labib e ki make listwa tout limanite. Men, mwen vle itilize yo pou mwen prouve nou ke Bondye pa janm chanje, Li toujou rete menm Bondye ki te la yè a, se li ki la Jodi a e k ap la pou tout tan.

Premye mèvèy la, nan kòmansman limanite tout moun te pale yon sèl lang, men, lèzòm vire kont Bondye e Bondye nan tout sajès li te mele lang yo, depi lè sa tout nasyon yo al regwoupe yo nan teritwa yo ak limit Bondye te prevwa pou yo.

Bon n ap desann, n ap mele lang yo. Konsa youn p ap ka konprann sa lòt ap di. Se konsa Senyè a gaye yo toupatou sou latè. Yo sispann bati lavil la. (Jenèz 11:7-8)

Orijin peyi dAyiti

Lè Bondye ki anwo nan syèl la t ap bay chak nasyon pòsyon ki pou yo, lè li t ap bay chak moun kote pou yo rete sou latè, li fikse fontyè tout peyi dapre kanti moun li te mete sou latè. (Detewonòm 32 : 8)

Dezyèm mèvèy la, kòm mond la t ap avanse e evolye, pèp sa yo ki te pale yon sèl lang nan kòmansman an lè Bondye te mele lang yo pou youn pa t ka konprann lòt la, jou fèt lapannkot la, sila yo ki te anba pouvwa Sentespri Bondye vivan te pale nan lang chak grenn moun ki te reprezante nasyon yo nan jou sa. *Yo tout te vin anba pouvwa Sentespri, epi yo pran pale lòt lang dapre jan Lespri Bondye a t ap fè yo pale. (Travay 2:4).* Kounye a m ta renmen nou pran san nou pou nou konprann ke labib gen pwòp langaj li, e se moun Bondye fè gras k ap kapab konprann sa ki ekri ladan yo pou yo kapab jwenn yon solisyon. Mèvèy sa yo ki te pase nan tan lontan yo te repase nan tan zansèt nou yo. Wa Salomon te gen rezon di: pa gen anyen ki fèt parèt anba syèl ble sa.

Lòt mèvèy ke Bondye fè devan je tout limanite, se lè li pèmèt tout tribi sa yo ke blan fransè yo t al pran nan kontinan afriken an pou mennen yo nan lil dAyiti ki vle di nan lang endyen yo : tè ki wo, tè ki gen anpil mòn. Lè Bondye gade jan zansèt nou yo t ap soufri, li te fè tout tribi sa yo met tèt yo ansanm lè li ba yo opòtinite pou yo te pale yon sèl lang pou youn te kapab konprann lòt, konsa yo te kapab goumen pou yo te soti nan esklavaj anba men fransè yo. Gras ak lang sa ki rele « Ayisyen » an, Bondye te pèmèt nou ini nou epi ede lòt peyi.

Se li menm tou ki kreye tout nasyon ki rete toupatou sou latè. Li fè yo tout soti nan yon sèl moun. Li te fikse davans tan ki pou yo chak, ak limit kote yo chak rete (Travay 17: 26).

Revelasyon sa pèmèt nou konprann ke Bondye te gentan konnen ke chak peyi ta pral pale lang ki te nan plan l depi anvan menm li te kreye mond la. Ayiti se te youn nan peyi sa yo.

Youn nan pi gwo erè ke nou fè apre Bondye te fin pèmèt nou met tèt nou ansanm pou n te ka vin yon nasyon gras ak lang sa ki rele Ayisyen an, Apre tout konpasyon li te gen pou nou lè zansèt nou yo t ap pase nan yon moman difisil, Kòm rekonpans nou trayi li epi nou vire do ba li. Jodi a mwen mande padon nan non tout konpatriyòt Ayisyen m yo ki rekonèt ke nou voye jete lanmou Bondye vivan an genyen pou nasyon nou an.

Orijin nasyon ayisyèn nan

Listwa fè n konnen chak peyi soti yon kote e se moun k ap viv nan peyi sa yo ki detèmine kijan peyi sa ap grandi pandan ke enfliyans ki soti deyò yo ap antre nan kilti yo ak relijyon yo. Nou menm Ayisyen, nou soti an Afrik. Yo te vini ak zansèt nou yo an Ayiti kòm esklav.

Nan yon moman nan listwa nou, nou te revòlte kont lesklavaj, men malerezman, nou soti nan yon fòm lesklavaj nou antre nan yon lòt. 22 Out 1791 esklav ki te nan nò peyi a revòlte e kòmanse revolisyon Ayisyèn nan. Yo rakonte ke revolisyon sa te kòmanse avek yon seremoni vodou ki te fèt nan bwa kayiman. Se yon ougan yo te rele

> *Kontwole pasyon nou mande yon pi gwo Nan yon moman nan istwa nou, nou te revòlte kont lesklavaj, men malerezman, nou soti nan yon fòm esklavaj nou antre nan yon lòt. efò ke gen viktwa sou lennmi nou.*

Dytty Boukman ki te chèf seremoni sa. Nan seremoni sa ki te fèt nan bwa Kayiman an, esklav yo pran yon angajman nan men Dyab ke yo sele avèk san kochon depi lè sa yo tonbe pwatike voudou ki pa sispann rale tout kalite katastwòf sou peyi a.

Listwa di nou ke seremoni sa te retire bout pou bout pèp Ayisyen an anba dominasyon fransèz, e pèmèt nou fonde premye repiblik nwa nan mond la ki se dezyèm nasyon endepandan nan amerik la.

Ayiti se youn nan pi ansyen repilblik nèg ki gen nan mond la e li se youn nan pi ansyen repiblik nan emisfè oksidantal la. Si nou pa t vire do bay Bondye pou n t al jwen dyab la nasyon nou an t ap gradi e pwospere.

Pèp la kowonpi tèt li

Pèp nou an fè menm erè tankou kèk pèp nan labib la te fè. Lè yon peyi oubyen yon kilti chwazi adore zidòl olye sèl vrè Bondye a, yo vyole youn nan pi gwo kòmandman Bondye yo, lè sa yo oblije fè fas ak konsekans dezobeyisans yo.

Si nou rive bliye Senyè a, Bondye nou an, pou n al kouri dèyè lòt Bondye, pou nou fè sèvis pou yo, pou n adore yo, mwen tou avèti nou jodi a, nou tout nou gen pou n disparèt. Si nou pa koute sa Senyè a, Bondye nou an, di nou , nou pral disparèt menm jan ak nasyon Bondye pral disparèt devan nou yo. (Detewonòm 8 :19-20)

« Pa bliye alyans Bondye fè avèk nou. » sa se gwo sekrè pou nou jwenn sekou Bondye. Sajès enfini l e bonte l se sous tout chanjman ak eksperyans kwayan yo. Izrayèl fè anpil move eksperyans, men se te pou byen l. Eskè w panse apre pèp sa fin soti nan lesklavaj an ejip li t ap bezwen pou Bondye al rale zòrèy li nan dezè a? Antouka se konsa lòm ye.

Pandan Moyiz te rete sou montay la, izrayelit yo mande Arawon pou li fè yon zidòl pou yo pou yo te ka adore. Izrayelit yo t al chache èd nan men dye yo te konnen an ejip yo. Sa te tèlman fè Bondye fache ke li te deside detwi yo epi rekòmanse ak Moyiz.

Lè pèp la wè Moyiz te rete lontan sou mòn lan san li pa desann, yo sanble bò kote Arawon, yo di l konsa: Ann debouye nou fè yon bondye ki pou mache devan nou, paske nonm yo rele Moyiz la ki te fè nou moute soti an Ejip la nou pa konn sa ki rive l. (Egzòd 32: 1)

Lè sa Senyè a di Moyiz : Ale non ou mèt desann. Paske pèp ou a, pèp ou te fè monte soti nan peyi lejip la, gentan deraye, yo lage tèt yo nan bwa. Yo gentan kite chimen mwen te mande yo swiv la. Yo pran lò, yo fonn li, yo fè estati yon ti towo bèf, yo tonbe fè sèvis pou li, yo touye bèt ofri ba li, epi yo di: pèp izrayèl men bondye nou an. Se li ki te fè nou soti kite peyi lejip la. Senyè a di Moyiz ankò: Mwen wè pèp sa se yon pèp ki gen tèt di. Bon kounye a kite m al regle ak yo. Mwen pral fè yo konnen lè m an kòlè, m ap detwi yo, m ap boule yo. Men, ou menm, m ap fè ou vin yon gwo nasyon. (Egzòd 32 : 7-10)

Gade byen, Bondye di Moyiz : Pèp ou a kowonpi tèt yo. Pèp nou an te fè menm bagay la lè yo te vire al jwenn vodou, yo te tounen *Pèp ou te fè monte soti nan peyi lejip la, gentan deraye, yo lage tèt yo nan bwa. Yo gentan kite chimen mwen te mande yo swiv la*

dèyè al jwenn relijyon zansèt Afriken yo. Vodou se yon mo kreyòl ki te fè referans ak kèk seremoni Ayisyen. Li soti nan mo AYIZO ki vle di fòs mistik oubyen pouvwa k ap gouvènen mond la ak lavi moun ki kwè ladan l. Li gen rapò tou ak bann imaj taye k ap fonksyone nan bon jan relasyon ak lespri sa yo. (Wikipedia)

An Ayiti moun ki sèvi yo itilize mo VODOU a pou yo pale sou relijyon zansèt yo. Men pi souvan nou jwenn moun sa yo rele tèt yo SÈVITÈ, ki vle di moun k ap sèvi lespri. Yo patisipe nan yon bann seremoni ke yo rele sèvis: SÈVIS LWA oubyen SÈVIS GINEN. Yo konn itilize tèm sa yo pou yo fè referans ak tout relijyon an. Nan kòmansman mo vodou a te ekri konsa VODUN, li parèt pou premye fwa nan yon dokiman ki rele "Doctrina Cristiana" ke wa Allada ki se anbasadè nan lakou Phillipe IV an espay te ekri nan ane 1658. (Wikipedia)

Kòm n ap etidye istwa peyi nou, nou wè te gen kèk moman lapè ak kèk moman pwosperite tou. Ak konstitisyon 1867 la te gen yon tranzisyon pwogresis e pasifik nan mitan gouvènman nou yo ki te travay anpil pou amelyore ekonomi ak estabilite nasyon Ayisyèn nan e chanje kondisyon lavi pèp Ayisyen an. Devlopman kèk endistri tankou Sik ak Ronm nan zòn ki tou pre pòtoprens, te fè Ayiti pandan yon ti bout tan, vin yon model kwasans ekonomik nan amerik latin nan. Men peryòd estabilite ak pwosperite sa te kout e li fini an 1911, lè yon lòt revolisyon te eklate nan peyi a epi trennen nasyon an nan dezòd ak nan dèt. Soti nan ane 1911 rive nan ane 1915, 6 prezidan te pase nan tèt peyi a, se swa yo te touye yo oubyen yo t al an ekzil. Peyizan brigan ki te nan nan nò peyi a nan zòn bò fontyè dominikèn nan ke yo te rele CACOS te fòme yon lame revolisyonè. Yo te jwenn travay nan men kèk gwoup politik ki t ap goumen youn ak lòt, ki te pwomèt yo lajan ak okazyon pou yo te fè dechoukay si yo te ede yo fè koudeta.

Yon peyi ki divize pa la pou lontan

Okenn peyi ki gen moun k ap goumen youn ak lòt ladan l pa la pou lontan. Jezikris te avèti nou sou sa :

Si yon peyi gen divizyon ladan l pou moun yo ap goumen youn ak lòt, peyi sa pa la pou lontan. Si gen divizyon nan yon fanmi, fanmi sa pa la pou lontan. (Marc 3 : 24-25)

Batay youn ak lòt sa te ban nou yon peyi tou louvri k ap tan yon diktati. An fevriye 1915, Vilbrum Guillaume Sam te kanpe yon rejim diktati, men, an jiyè nan menm ane, akoz yo revolte kont li, li masakre 167 prizonye politik ki te soti nan elit la, Kèk tan apre yon foul moun te touye prezidan Guillaume nan pòtoprens. Yon ti tan apre, apre bank amerikèn te fin pote presidan Woodrow Wilson plent sou kantite lajan Ayiti te dwe l, Etazini te okipe peyi a jis nan ane 1930.

Peyi nou an te sanble t ap avanse lè nou te resi gen eleksyon demokratik an 1930 ki ta pral menmen prezidan Stenio Vincent sou pouvwa. Yon nouvo fòm enstitisyon militè ta pral parèt souteren an, yo te rele l : « Gad » Se te yon fòs ki te genyen anpil ti nèg nwa ladann, e ki te te genyen yon kòmandan nwa nan tèt li ki te fòme ozetazini ke yo te rele kolonèl Calixte Demosthène Petrus. Gad la se te yon òganizasyon nasyonal, li pa t fonksyone menm jan ak lame peyi dAyiti te konn genyen anvan yo, ki te chita nan yon zòn nan peyi a sèlman. Li pat gen dwa mele ak politik, misyon li se te pou kenbe peyi nan estabilite nan bay bon jan sipò ak gouvènman ke pèp la vote. (Wikipedia)

Prezidan Vincent te pwofite ti estabilite nasyonal ke nouvo lame pwofesyonèl sa t ap eseye pwoteje pou li te kapab kenbe tèt li sou pouvwa a nèt. Gras ak yon referandòm, yo te retire nan men pouvwa lejislatif tout dwa li te genyen nan zafè lajan, yo remèt li bay egzekitif la, men prezidan vincent pa t kontante. Nan ane 1935 li koke nan gagann asanble lejislatif la yon lòt konstitisyon, ki ta pral jwenn tou validasyon l gras ak yon referandòm. Konstitisyon sa te regle zafè prezidan Vincent, li te ba l pouvwa pou kraze palman an lè li vle, pou l pase men nan sistèm jidisyè a, pou l nonmen dis (10) nan venteyen (21) senatè yo ak posiblite pou li rekòmande rès onz (11) yo ak chanm bas la. Li te ba li tou pouvwa pou li gouvène ak dekrè lè palmantè yo pa nan seyans travay. Menm lè Vincent te amelyore enfrastrikti yo ak sèvis yo, li te sèvi mal ak opozisyon ki te anfas li a, li met baboukèt nan bouch laprès, e li te bay jarèt ak yon ti gwoup machann ak ofisye militè kowonpi ki t ap travay pou li. (Wikipedia)

Yon lòt fwa ankò, peyi a te vin tonbe nan divizyon ak batay pou pouvwa. Nou pa t janm reyalize ke se pa gè sivil ki t ap ede nou soti nan lesklavaj. Revolisyon 1946 la se te yon lòt paj nan istwa peyi dAyiti, Gad la te vin pran pouvwa antanke yon enstitisyon, men se pa t tankou yon enstriman ki te nan men yon kòmandan. Manm jent la ke yo te konnen sou non Komite Egzekitif Militè te gen ladan; kolonèl Frank Lavaud, Majò Antoine Levelt ak majò Paul E. Magloire ki te kòmandan gad prezidansyèl la. Lè yo te pran pouvwa a yo te pwomèt y ap òganize eleksyon lib e demokratik. Jent la te eseye kalkile lòt mwayen pou yo te kapab rale kò yo sou pwomès yo te fè pèp la, men son lari a ak manifestasyon piblik ki te genyen pou sipòte kandida potansyèl yo, te fòse yo kenbe pwomès yo. (Wikipedia)

Orijin peyi dAyiti

Yon lòt fwa ankò, pèp nou an te tèlman avèg li pa t kapab wè verite a, li te pèmèt yon ansyen minis sante ke tout moun te panse ki te yon imanitè, mete kanpe yon lòt fwa ankò yon rejim diktati nan peyi a. Rejim Duvalier a se te yon rejim ki te pi fewòs e pi kowonpi nan epòk li. Vyolans rejim nan t ap fè sou moun ki te nan opozisyon yo ak fason yo te sèvi ak vodou a te lage gwo laperèz nan mitan popilasyon an. Polis paramilitè Duvalier a ki te ofisyalize sou non sa : « Volontaire pour la sécurité national », ke te tout moun te konnen sou non Tonton Makout (non yon demon nan vodou a), te fè dyòb sal Duvalier a (zak sasinay politik, bat moun ak fè presyon sou moun). Yo fè konnen ke gen plis pase trant mil (30.000) Ayisyen ki te mouri sou gouvènman sa. Anpil gangan te vin makout. Akoz li te rekonèt epi pratike vodou a an prive, mete sou sa konesans li te genyen nan fè maji te amelyore imaj li nan mitan popilasyon an e sa te fè anpil moun te pè l, respekte l e aksepte l. (Wikipedia).

Apre rejim Duvalier a, anpil moun pami yo anpil ougan, te chache òganize yo pou yo te kapab defann vodou Ayisyen an. Youn nan premye ougan ki te nan tèt solidarite sa se te Wesner Morency (1959-2007), li te fonde legliz vodou dAyiti an ane 1998 ki te anresjistre an 2001 nan Ministè Jistis, epi li te fonde tou komisyon nasyonal pou estriktire vodou (CONAVO). Lòt nèg ki te vin kontinye travay pou òganize ougan yo se Max Beauvoir, ki te fonde epi dirije Konfederasyon Nasyonal Ayisyen Vodouyizan yo.

Bondye nan gras li ak lanmou san mezi li a, te ba nou bout tè sa menm jan li te bay pèp jwif la kanaran.

> Nan linyorans nou, nou vire do bay Bondye, n al sèvi Satan ak tout akolit li yo.

Ayiti vle di nan lang endyen yo tè ki wo tè ki gen anpil mòn. Men nou menm, nan linyorans nou, nou vire do bay Bondye, n al sèvi Satan ak tout akolit li yo.

Ayiti ap sèvi Satan

Li bay pitit gason l yo pou yo boule sou lotèl pou zidòl yo. Li lage kò l nan li nyaj nan syèl ak nan fè maji pou konnen sa ki gen pou rive, li ankouraje divinò yo ak moun ki konn rele mò yo pou pale ak yo. Li donnen nan fè sa ki mal nan je Senyè a pou fè l move jouk li pa kapab ankò (2 Wa 21 : 6).

Nasyon nou an depi byen lontan ap fè bagay ki pa fè Bondye plezi. Vodou a soti nan rasin zansèt nou yo. Se yon eritaj yo kite pou nou, epi nou aksepte l kòmsi nou pa t gen lòt posiblite. Men an reyalite li se yon relijyon satanik, ki an relasyon avèk tout kalite movè zespri. Vodou a vin yon relijyon ofisyèl nan peyi dAyiti jou ki te 8 avril 2003 a (sous BBC

News). Sa pwouve gouvènman nou yo te toujou anba dominasyon Satan depi plis pase desanzan. Kounye a, dirijan nou yo montre a klè se fè nwa k ap dirije yo, nan je Bondye sa se yon abominasyon.

Li bay pitit gason l yo pou yo boule sou lotèl pou zidòl yo. Li lage kò l nan li nyaj nan syèl ak nan fè maji pou konnen sa ki gen pou rive, li ankouraje divinò yo ak moun ki konn rele mò yo pou pale ak yo. Li donnen nan fè sa ki mal nan je Senyè a pou fè l move jouk li pa kapab ankò (2 Wa 21 : 6).

Wa Manase, lè li t ap dirije peyi l, te pwovoke Bondye lè li te ofisyalize relijyon payen yo e voye jete prensipal kòmandman Bondye toupisan an te bay nasyon Izrayèl la, apre yo te soti an ejip. Li te fè maji vin relijyon ofisyèl e li ankouraje pèp li a adore tout kalite movè zespri. Wa manase pa t panse ke aksyon li yo olye yo ta pote benediksyon sou pèp li a se malediksyon li t ap rale sou yo. Kisa w panse Bondye t ap fè, founi je l ap gade epi kite w chape poul anba konsekans peche w yo? Pa bay tèt ou manti ! Zanmi mwen wa manase te peye pou zak li yo tankou prezidan Aristid te peye pou move aksyon li yo, Nasyon an tou ede l peye konsekans peche li yo antanke disip, menm lè gen anpil moun ki pa t mele nan bagay sa yo.

Lè lè a te rive pou Manase te peye konsekans peche li yo, Bondye te sèvi ak wa lasiri a pou li te depòte misye Babilòn, byen lwen peyi l nan ane 650 anvan Jezikris poutèt li te komèt zak abominab nan je Bondye toupisan an.

Nou te gen opòtinite pandan jenerasyon nou an pou nou wè kijan Bondye te sèvi pandan de fwa ak Prezidan Jean Bertrand Aristide, menm jan li te fè ak Manase, wa peyi jida a, pou li te montre limanite ke pouvwa li depase imajinasyon lèzòm. Premye fwa a se te nan ane 1991, apre pèp Ayisyen an te fin vote li kòm prezidan, Aristide t ap prepare li pou li te renouvle angajman zansèt nou yo te fè ak dyab la nan mwa dawout 1791 e ki t ap fini dawout 1991. Men Bondye nan lanmou san mezi li a ak konpasyon li genyen pou pèp ayisyen an pa t kite sa pase menm lè peyi a te toujou anba dominasyon satan. Bondye sèvi ak prezidan Georges Bush papa a epi jeneral Raoul Cedras ki te chèf lame peyi dAyiti nan epòk sa pou yo te depòte Prezidan Aristide lwen peyi l, tankou li te fè wa Manase. Bondye te montre limanite ke glwa li ak pouvwa li se bagay lèzòm p ap janm ka rive konprann.

Dezyèm fwa se pandan dezyèm manda Prezidan Aristide la, apre l te fin fè vodou tounen yon relijyon ofisyèl jou ki te 8 Avril 2003, Bondye te sèvi fwa sa ak prezidan Georges W. bush, pitit la, pou li te fòse Aristide kite peyi l e ekzile l an afrik nan mwa fevriye 2004.

Bondye te bay Prezidan Aristide menm leson li te bay Wa Manase a. Bondye toupisan an te vle yo konnen ke se li ki gen kontwòl mond lan e li kapab sèvi ak moun li vle ki pou akonpli volonte l. Manase te pran konsyans e li te repanti, nan afliksyon li, li reyalize ke Bondye pa yon ti tonton ak pil e ke bout pou bout se Bondye ki toujou gen dènye mo a. Bondye te pèmèt Wa manase retounen izrayèl pou l te kapab fè prèv li e montre si li te byen aprann leson an. Bondye te fè menm bagay la tou pou prezidan Aristide lè li te wè afliksyon li, men pa gen moun ki konnen si Aristide repanti, si li vire do bay tout move aksyon li te konn fè yo pou li te kapab tounen vin jwenn Bondye nan non Senyè Jezi.

Prezidan Aristid te peye pou move aksyon li yo, nasyon an tou ede l peye konsekans peche li yo antanke disip Pa bliye ! se Bondye k ap gouvène linivè a e l ap konsidere tankou koupab tout moun ki depase limit li ba yo. Èske Bondye chanje? non ! li toujou rete menm Bondye a e li p ap janm chanje pou okenn moun.

Mwen respekte tout moun, espesyalman sila yo ki se ofisyèl nasyon an, men akoz karaktè Bondye ban mwen an, avèk tout respè m gen pou ou nan lanmou Bondye vivan an, m ap ba w verite a jan li ye nan pawòl Bondye a.

Senyè a te pale ansanm ak Manase ak pèp li a, men yo derefize koute l. Lè sa a, Senyè a voye chèf lame wa peyi Lasiri a vin atake yo. Yo mete men sou Manase, yo pase kròk nan machwa li, yo mare l ak de gwo chenn fèt an kwiv, yo mennen l lavil Babilòn (2 kwonik 33 :10-11).

Pwofèt Ezayi te ban nou li menm tou anpil avètisman anvan nou fè kalite abominasyon sa yo devan je Bondye, li ta bon pou nou ta koute li :

Chak jou mwen t ap lonje men m bay yon pèp ki t ap kenbe tèt ak mwen, ki t ap fè sa ki mal, ki t ap fè sa yo pito. *Nan figi m konsa, yo t ap plede fè bagay pou fè m fache. Yo ofri bèt pou touye pou zidòl nan jaden yo, yo boule lansan sou lotèl zidòl yo. Lannwit y al nan simityè ak nan twou wòch pou fè sèvis pou mò ka di yo sa pou yo fè. Yo manje vyann kochon, yo bwè bouyon fèt ak vyann ki pa bon pou moun k ap sèvi Bondye manje. (Ezayi 65 :2-4)*

Twonpèt la Sonnen

« *Ou janm wè yo kònen kleron pou fè konnen lagè pral kòmanse pou kè moun pa kase ? Èske malè ka tonbe sou yon vil pou se pa Senyè a ki lakòz ? Konsa tou ou mèt sèten Senyè a p ap janm fè anyen san li pa fè pwofèt yo, moun k ap sèvi l yo konnen.* » *(Amòs 3 : 6-7).*

Anpil moun ap di siklòn, tranblemanntè, elatriye, se bagay natirèl. Se vre. Men pa gen anyen ki ka fèt depi nan syèl la, nan linivè a jouk sou tè a san se pa volonte Bondye. Jezi te montre jan li gen pouvwa pou li kòmande menm van ak lanmè a (Matye 8 :27). Nou li tou kantite plè Bondye te voye sou Ejipsyen yo ki te chwazi fè pèp li a tounen esklav. Apre anpil avètisman Bondye te voye bay pèp nou an, yo te derefize kite vye bagay yo t ap fè yo. 12 janvye 2010, li te fè 4 trè 55 konsa nan mont mwen lè pi move tranblemanntè nan listwa peyi dAyiti te pase. Anpil moun t ap di poukisa se sou nou malè sa te tonbe e yo te kòmanse chache sekou nan men sèl Bondye toutbon an.

Mò ki wè ou yo ap fikse je yo sou ou. Y ap gade ou, y ap di : Se pa moun ki te konn ap fè tè a tranble a sa ? (Ezayi 14 : 16).

Apre anpil analiz, mwen vin reyalize se konsa Bondye ap ret tann nou, pou n rele l pou l rezoud pwoblèm nou tankou li te fè l jou ki te 12 janvye 2010 la. Bondye vle pou nou tout Ayisyen mete tèt nou ansanm, pou nou repanti ak tout kè nou, men se pa poutèt tranblemanntè ki pase a, men pito yon tranbleman konsyans, ki fè nou gen remò sou tout bagay sal n ap fè yo.

« Se pou nou tranble tèlman nou pè, se pou nou sispann fè sa ki mal. Lè nou pou kont nou nan chanm nou, kalkile sou sa. Epi pe bouch nou. » (Sòm 4 : 4).

Ann pwoche bò kot Bondye ak tout kè nou ak yon konfyans byen chita, san nou pa gen anyen nan kè nou ki pou boulvèse konsyans nou, kò nou menm byen netwaye nan yon dlo byen pwòp (Ebre 10 : 22).

« Men kounye a nan Jezikri, nou menm ki yon lè t ap viv lwen Bondye, nou vin tou prè l, grenmèsi san Kris la ki koule lè li mouri pou nou an. » Efezyen 2 : 13

Bondye pa vle nou rele l sèlman paske nou nan soufrans tranbleman tè a kite, men pito paske nou pran konsyans sou eta nou, se sa k ap pemèt nou kite move chimen zansèt nou yo te pran, ke nou menm jounen jodi a nou kontinye ap swiv.

Moun k ap kache peche p ap wè zafè yo mache. Men Bondye va gen pitye pou moun ki rekonèt peche yo, pou moun ki chanje lavi yo. (Pwovèb 28 : 13).

Sa k te pase a ta dwe montre nou ke nou dwe met lafwa nou nan Bondye men se pa nan movè zespri zansèt nou yo te konn adore yo. Mwen te gen chans pale ak yon frè afriken apre tranblemanntè 12 janvye pase a, pandan mwen t ap fè eskal nan ayopò entènasyonal Pòtoriko. Li te di m s ak te pase an Ayiti a te fè l mal anpil. Mwen reponn li, se men Bondye ki sou nou, epi mwen te mande li pou li ban m nouvèl Levanjil la an Afrik. Li di m konsa vin gen anpil bagay ki fèt, li di m lè gen sèvis, legliz yo plen ak moun. Lè se premye jou nan semèn nan menm, se pa pale. Si anpil nan frè nou yo ki an Afrik vire do bay vodou, pouki sa nou pa swiv ekzanp yo ?

Yon lè, nan ayopò Miyami, Bondye te pèmèt mwen pale ak yon senatè ayisyen anpil moun konnen an Ayiti, sou pwoblèm espirityèl nasyon an, bagay misye te konprann epi li te dakò ansanm avè m.

An Ayiti pa gen anpil kretyen. Anpil nan popilasyon an se vodouyizan, epi gen lòt ki di yo pa kwè nan anyen.

Paske m fèt nan yon fanmi kretyèn, sa pa t vle di m te kretyen pou sa. Mwen di Bondye mèsi paske li retire m anba enfliyans satanik sa, paske si se pa t sa m t ap fè vòl dirèk pou lanfè ak Satan ki se pi gwo lennmi peyi dAyiti. Se Ozetazini mwen te tounen vin jwennn Bondye pa mwayen Senyè nou Jezikris, Sovè nou an. Depi lè sa mwen pran desizyon m pou m

Orijin peyi dAyiti

swiv li jiskobou e pou m ede pèp mwen an ak nasyon mwen tounen vin jwenn Bondye .

Papa nou ki nan syèl la ap tann chak pitit li yo pou yo vire do bay peche epi pou yo tounen vin jwenn li.

« *Men kounye a nan Jezikris, nou menm ki yon lè t ap viv lwen Bondye, nou vin tou prè l, grenmèsi san Kris la ki koule lè li mouri pou nou an.* » *Efezyen 2 : 13*

Kisa nou te aprann sou orijin nasyon Ayisyèn nan ?

- ➢ Yo te vini ak zansèt nou yo an Ayiti kòm esklav.
- ➢ Nou te revòlte kont esklavaj, men malerezman, nou soti nan yon fòm esklavaj nou antre nan yon lòt.
- ➢ Pèp nou an fè menm erè tankou kèk pèp nan labib la te fè.
- ➢ Yon peyi ki divize pa la pou lontan
- ➢ Pèp nou an kowonpi tèt yo e yo pran angajman nan men satan.
- ➢ Angajman ak san kochon zansèt nou yo te fè ak dyab nan seremoni Bwa Kayiman an se sous tout malè k ap tonbe sou peyi dAyiti

➢ Nou menm, nan linyorans nou, nou vire do bay Bondye, n al sèvi Satan ak tout akolit li yo.
➢ Ayiti ap sèvi satan depi plis pase desanzan.

Men kounye a nan Jezikris, nou menm ki yon lè t ap viv lwen Bondye, nou vin tou prè l, grenmèsi san Kris la ki koule lè li mouri pou nou an. (Efezyen 2 : 13)

Chapit 3
Resanblans ant Ayiti ak Izrayèl

Chapit 3 : Resanblans ant Ayiti ak Izrayèl

Arawon pran zanno yo, li fonn yo, li koule lò a nan yon moul, li fè estati yon towo bèf. Pèp la di : Pèp Izrayèl, men Bondye nou an. Se li ki fè nou soti kite peyi Lejip la (Egzòd 32 : 4).

Mwen fè yon gwo etid sou Ayiti. Mwen vin reyalize listwa dAyiti sanble ak listwa Izrayèl. Pèp Izrayèl la jwe yon gwo ròl nan istwa limanite, nan zafè sosyal, materyèl ak espirityèl. Izrayèl eksperimante lesklavaj akoz engratitid yo ak dezobeyisans yo. Bondye te gentan di Abraram ke sa t a pral rive yo depi yo ta vire do ba li *Senyè a di l : Konnen sa byen : Pitit pitit ou yo pral viv tankou etranje nan yon peyi ki pa pou yo, y ap peze yo pandan katsanzan. (Jenèz 15: 13).*

Engratitid tou de nasyon yo nan je Bondye

Pwofesi Bondye te bay Abraram sou pèp Izrayèl la vin tounen reyalite e apre katsantrantan pase nan lesklavaj an Ejip, (Ekzòd 12 : 40-51), Bondye voye yon liberatè pou afranchi yo e mennen yo nan tè pwomès la. Bondye voye Moyiz bay Izrayelit yo pou l te kapab mennen yo kanaran. Apre pèp Izrayèl la te fin viv grandè ak tout mèvèy Bondye, malgre yo te wè kòman Bondye te retire yo anba men farawon, kòman li t ap mache devan yo lajounen tankou yon gwo nyaj e lanwit tankou yon flanm dife, pèp Izrayèl la te gen kouraj pou li te rann Bondye engratitid. Lè yo te rive bò lamè rouj e yo te wè lame farawon an ki t ap rapousib yo, moun Izrayèl yo te tonbe Bougonnen.

Yo di Moyiz konsa : èske se paske pa t gen kote pou antere moun nan peyi lejip la kifè ou mennen nou vin mouri isit la nan dezè a ? kisa ou fè nou konsa lè ou te fè nou soti kite peyi lejip la ? Eske nou pa t di w sa lè n te lejip toujou ? nou te di ou kite nou travay pou moun peyi lejip yo, pavre ? pito nou travay pou moun peyi lejip yo pase nou mouri nan dezè a. (Egzòd 14 : 11-12)

E menm apre Bondye te fin fann lamè rouj devan yo pou yo te pase, moun izrayèl yo apre yo te kòmanse santi yo fatige, grangou ak swaf pandan de mwa yo te gentan pase nan dezè a, yon fwa ankò yo te rann Bondye ki te delivre yo a, engratitid.

Yo tout pran bougonnen sou do Moyiz ak Arawon nan dezè a. yo t ap di yo: poukisa senyè a pa t touye nou nan peyi lejip la? Lè sa a, nou te konn chita devan bòl vyann nou, nou te konn manje plen vant nou. Men, ou menm ak Arawon, nou mennen nou nan dezè sa a pou fè tout kantite moun sa yo mouri grangou. (Egzòd 16:2-3).

Pwovizyon yo te pote soti peyi lejip yo te fini depi nan mwatye dezyèm mwa yo te

Izrayèl te pase anba esklavaj akoz engratitid yo ak dezobeyisans yo

pase nan dezè, sa te fè moun Izrayèl yo plenyen pi rèd. Se pa t premye fwa moun izrayèl yo te blese sajès Bondye. Yo pa t gade delivrans Bondye ba yo a pou anyen, yo te pito mouri nan peyi lejip. Lè yo t ap bougonnen konsa yo pa t kontwole kalite move pawòl ki t ap soti nan bouch yo. Lè nou kòmanse ap bay tèt nou pwoblèm jiskaske nou tonbe plenyen, fòk nou pa bliye ke Bondye tande tout sa n ap di. Bondye pwomèt l ap voye pwovizyon byen vit chak fwa n ap gen bezwen li. Bondye te bezwen wè si yo te mete konfyans yo nan li e si yo te deside sèvi li, malerezman yo te pito rann li engratitid. Lè Bondye te frape pèp ejipsyen an se pou li te ka fè yo konnen ke li se Senyè a e lè li bay moun izrayèl yo kòmandman li, se pou li te ka fè yo konnen ke li se Bondye yo.

Se pa ti kalite akizasyon moun izrayèl yo te pote kont Moyiz ak Arawon! Se pa ti engratitid yo te rann Bondye! Apre Bondye te fin montre yo sajès li, bonte li ak pisans li, nou pa ta ka pa poze tèt nou keksyon sou kijan tèt moun sa yo te di.

Engratitid tounen dezobeyisans

Pandan Moyiz t al chache pwovizyon espirityèl pou yo sou mòn Sinayi, Izrayelit yo te kite enpasyans yo ak engratitid yo tèlman grandi jiskaske yo te vin dezobeyi Bondye. Lè Moyiz desann sot sou mòn nan, li te wè pèp Izrayèl la pa t wont pou l te fè yon towo bèf an ò epi di ke se zidòl la ki te mete yo deyò nan peyi Lejip, Moyiz te pran pi gwo sezisman nan vi l paske li te konnen sa Bondye te sot fè pou pèp la.

Konsa tout pèp la wete zanno lò yo te genyen nan zòrèy yo, yo pote yo bay Arawon. Arawon pran zannno yo, li fonn yo, li koule lò a nan yon moul, li fè estati yon ti towo bèf. Pèp la di: pèp izrayèl, men bondye nou an. Se li ki te fè nou soti kite peyi lejip la. Lè arawon wè sa li bati yon lotèl devan estati ti towo bèf la, epi li di yo ; Demen m ap fè yon gwo fèt pou Senyè a. Nan demen maten yo leve byen bonè yo touye bèt, yo boule yo nèt ofri bay Senyè a. yo touye lòt bèt tou pou di l mèsi. Apre sa, pèp la chita, yo manje, yo bwè. Lèfini yo leve pou yo pran plezi yo. (Egzòd 32:3-6)

 Arawon te fè fòm yo ti towo bèf. Yo ofri sakrifis bay zidòl la. Apre yo te fin mete adore imaj taye a, Zak yo a chanje verite Bondye a pou te fè l tounen manti, sakrifis yo a vin tounen yon abominasyon. Èske yo pa t tande kèk jou anvan sa vwa Bondye ki t ap pale avèk yo nan mitan dife a, ki t ap di yo: Ou pa gen dwa fè imaj taye? Èske se pa t yo menm menm ki te fè alyans ak Bondye epi yo di l yo t ap fè tout sa li mande yo fè, yo t ap obeyi li? (Egzòd 24:7)

 Kounye a menm, menm bagay sa ap pase nan nasyon nou an. Pèp ayisyen sèvi ak menm lespri engratitid la tankou pèp Izrayèl la, lè l deklare se vodou ki te ba li endepandans.

 Pèp Izrayèl la te fè yon bèf an ò ak pwòp men pa l epi yo mete konfyans yo nan li. Zansèt nou yo te touye yon kochon, epi yo di se kochon sa ki te ede yo genyen batay Lendepandans la. Èske yo yon towo bèf ta kapab delivre moun pèp izrayèl yo anba ejipsyen yo? Èske yon kochon ta kapab ede pèp nou an genyen batay lendepandans la. Li enposib pou Izrayèl ta soti nan lesklavaj, ni pou Ayiti te ka genyen batay liberasyon sa si Bondye pa t foure bouch nan koze a, paske dyab pa janm bay libète, okontrè dyab kenbe moun nan lesklavaj. Zansèt nou yo te vin nan relasyon ak dyab, akoz sa, tout kondisyon reyini pou peyi a resevwa konsekans dezobeyisans li yo tankou moun peyi Izrayèl yo.

Peyi nou an malad, paske nou rann li malad akoz abominasyon nou kontinye ap fè.

Genyen twa kalite peche. Premye peche a se peche orijinèl ke nou tout nou eritye nan men Adan ak madanm li Èv. Peche sa nan san nou akoz ADN espirityel sa ki soti nan gran paran nou yo. *Se poutèt yon sèl moun peche antre sou latè. (Women 5:12 a)*

Dezyèm nan, se peche endividyèl ke chak gen posiblite pou kouri lwen li gras ak San Jezi osinon makonnen ak li si yo vle. *Moun ki f è peche a se li menm k ap mouri. (Ezekyèl 18 :4b)*

Twazyèm nan se peche kolektif, ke nou tout nou dakò pou nou fè devan fas Bondye menm si se abominasyon yo ye. *Tout mou fè peche. Yo tout vire do bayBondye ki gen tout pouvwa a. (Women 3 :23).*

Antanke Ayisyen, m ap ankouraje tout Ayisyen pou yo reveye nan fon somèy satanik sa ki fè nou ap dòmi nan fè nwa depi plis pase desanzan. Nou bezwen repanti pou peche nou te fè 14 dawout 1791 la, lè nou nou te pran angajman nan men dyab la ki te twonpe nou paske Bondye te gentan prevwa dat lendepandans peyi nou depi anvan li te kreye mond la.

Se li menm tou ki kreye tout nasyon ki rete toupatou sou latè. Li fè yo tout soti nan yon sèl moun. Li te fikse davans tan ki pou yo chak, ak limit kote yo chak rete (Travay 17: 26).

Nou te fè menm jan ak zansèt nou yo lè nou menm antanke jenerasyon ki vin apre yo nou dakò ak sa yo te fè yo. Nou tout jodi a nou bezwen pou n met tèt nou ansanm pou repanti epi mande Bondye padon pou gwo peche sa ke nou te fè kont souverènte Bondye a, ki lakoz pwosperite nasyon nou an bloke. Nou pa gen lòt espwa si nou pa retounen vin jwenn Bondye epi remèt peyi ba li.

Men moun pèp izrayèl yo di Senyè a: nou fè sa nou pa t dwe fè : ou mèt fè nou sa ou vle, men tanpri delivre nou jodi a ! Apre sa yo wete tout bondye lòt nasyon yo te gen lakay yo, yo pran sèvi Senyè. Senyè a pa t gen kè pou l wè jan pèp izrayèl la te nan lapenn. (Jij 10 : 15-16)

Listwa pale nou de anpil gwo nèg ki fè anpil gwo bagay, anpil nan yo te prèske met tout mond lan anba pye yo tankou: Alexandre Legrand, Jules Cesar, Christophe Colomb, Nappoleon Bonaparte, Jean Jacques Dessalines ak anpil lòt. Kèlkeswa moun ou ye, m ap pale klè avè w anba otorite Jezikris, si w pa repanti ak tout kè ou kit ou te prezidan, senatè, depite, majistra, jij oubyen avoka, nan nenpòt ki relijyon ou ye, si w pa repanti pòt lanfè louvri byen laj ap tann ou. Mwen rekòmande w pou ou tounen vin jwenn Bondye pou ou kapab sove nanm ou nan non san Jezikris.

Apre tout sa yon moun ka fè nan mond sa, si Bondye pa t fè yon plan pou ou nan pitit li a Jezi Kris, ou travay pou grenmesi.

Kisa sa ta sèvi yon moun pou li ta genyen lemond antye si l pèdi lavi l ? (Mak 8 :36)

Papa se ou ki te ban mwen yo. Mwen ta vle pou yo toujou avè m kote m prale a, pou yo ka wè pouvwa mwen, pouvwa ou te ban mwen an, paske ou te renmen m depi lontan anvan ou te kreye tout bagay. (Jan 17 :24)

Senyè a reponn Moyiz li di l : Moun ki peche kont mwen an se non l pou m efase nan liv mwen an. Kounye a ou mèt ale. W a mennen pèp la kote mwen te di ou mennen yo a. Chonje byen, Zanj mwen an ap mache devan ou. Men, lè jou a va rive pou m fè regleman ak yo m ap pini yo pou peche yo. Senyè a te voye yon maladi sou pèp la pou l pini l, paske yo te fòse Arawon fè estati yon ti bèf pou yo. (Egzòd 32: 33-35)

Rezilta lè n dezobeyi Bondye

Jodi a mwen mete bendiksyon ak madichon devan nou. Se nou ki pou chwazi. Se va benediksyon pou nou si nou swiv tout kòmandman Senyè a, Bondye nou an kòmandman mwen ban nou jodi a. men se va madichon pou nou si nou pa vle mache dapre kòmandman Senyè, Bondye nou an, si nou kite chimen mwen mande pou nou swiv jodi a pou n al kouri dèyè lòt bondye nou pa janm konnen. *(Detewonòm 11:26-28)*

> Pèp ayisyen sèvi ak menm lespri engratitid la tankou pèp Izrayèl la, lè l deklare se vodou ki te ba li endepandans.

Kòm izrayelit yo t ap prepare yo pou yo antre nan tè pwomès la. Moyiz fè rezime tout sa ki gen nan obeyisans pou yo nan de mo: Benediksyon osinon maledidiksyon. Li mande pèp la pou l chwazi nan ki chimen yo prale, paske, obeyisans oubyen dezobeyisans se yon chwa.

Liv Sòm yo tou pale sou sa moun pèp izrayèl yo te fè nan dezè a pou nou kapab konnen erè yo te fè pou nou pa tonbe nan rebelyon ak dezobeyisans pou kòlè Bondye pa tonbe sou nou.

Wi, se devan je zansèt nou yo Bonde te fè mirak nan peyi lejip, nan plenn Zoan an. Li fann lanmè a an de, li fè yo pase nan mitan l. li fè dlo yo kanpe dwat tankou miray Pou l montre chimen pou yo pran. Lajounen li ba yo yon nyaj, lannwit li ba yo dife ki t ap mache devan yo. Li fann gwo wòch nan dezè a, li ba yo kont dlo pou yo bwè. Li fè sous dlo pete nan wòch la, li fè dlo koule tankou larivyè. Men, yo pa t sispann fè peche kont Bondye, yo revòlte kont Bondye ki anwo nan syèl la, lè yo te nan dezè a. (Sòm 78 : 12-17)

Labib montre nou dezobeyisans se youn nan pi gwo rebelyon ki te kapab egzizte. Liv Neyemi a montre nou kòman pèp izrayèl la te lage kò l nan rebelyon ak nan dezobeyisans kont Bondye e kijan Bondye te pèmèt lennmi yo toupizi yo.

Men yo rete konsa, yo vire do ba ou, yo fè wondonmon. Yo pran lalwa ou la, yo voye l jete dèyè do yo. Yo touye pwofèt ou te voye yo ak mesay pou ba yo avètisman pou yo te ka tounen vin jwenn ou. Se pa ti kras manke yo manke yo te manke ou dega! Se konsa, ou lage yo nan men moun ki pa vle wè yo, ki bat yo nan lagè, ki mete pye sou kou yo. Nan tray yo te ye a, yo rele mande ou sekou. Ou rete nan syèl la, ou reponn yo. Ou te gen pitye pou yo, ou voye chèf pou delivre yo anba men moun ki t ap peze yo. (Neyemi 9 :26-28)

 Èske fason yo te konpòte yo a, tout moun pa ta kapab reyaji konsa? Ann etidye listwa peyi nou ak pwòp listwa pa nou. Ann sonje tout avantaj nou te jwenn lè nou te timoun ak avantaj nou te jwenn premye fwa lè nou te rekonèt tò nou. Ann bat toutan nan aksyon nou yo pou nou montre ke nou gen imilite, rekonesans pandan n ap aji ak anpil pridans. Pa bliye ke tèt di ak lògèy se de peche ki ka fè yon moun pèdi nanm li. Li toujou difisil pou yo bay espwa ak yon moun yo kraze kè l, menm jan li te difisil lontan pou te fè moun kwè. Toujou sonje dous pwomès sa: Bondye toujou prè pou li padone ! olye nou rete lwen Bondye paske nou santi nou koupab, nou kapab pwoche vin jwenn li devan twòn lagras li a, pou ka jwen gras, mizerikòd ak sekou lè nou nan tray. Li se Bondye ki toujou prè pou padone a.

 Dezobeyisans rale chatiman epi chatiman mennen tout kalte pwoblèm ak tribilasyon tankou

tranblemann tè, epidemi elatriye. Bondye ban nou ekzanp konsekans dezobeyisans lan nan Bib la. Sayil premye wa ki t ap dirije pèp Izrayèl la, Apre li fin santi gouvènman li a te byen chita, li te dezobeyi Bondye paske l te pran yon desizyon san l pa t konsilte Bondye. Sa ki vin lakòz sou rèy wa David, vin gen yon gwo grangou pandan twazan youn apre lòt. Lè sa a David al mande Senyè a sa k ap pase. Senyè a reponn li: Se krim Sayil ak fanmi l yo te fè ki lakòz grangou sa, paske yo te touye moun lavil Gabawon yo (2 Samyèl 21: 1).
Epi David li menm, sou rèy li a te fè kou kreten pa l tou, li te dezobeyi Bondye. Ann gade avè m kounye a pou nou wè kisa dezyèm wa pèp Izrayèl la rale sou nasyon li atravè dezobeyisans li :

Lè m fè sa mwen fè a, mwen fè yon gwo peche. Tanpri, Senyè, padone m, se sèvitè ou mwen ye. Mwen te aji tankou moun fou. Sènyè a pale ak pwofèt Gad, konseye David la, li di l konsa : Al di David mwen ba li twa chatiman pou li menm li chwazi youn ladan yo. Sa la chwazi a se sa m ap fè l. Nan demen matin, antan David ap leve sot nan kabann li, Gad vin jwenn li lakay li. Li fè l konnen mesaj Senyè a te ba li a. Li di l konsa : Kisa ou vle ? Sèt lane grangou nan tout peyi a, twa mwa ap kouri devan lennmi ou, osinon twa jou epidemi nan tout peyi a ? Al kalkile sou sa pou ou fè m konnen ki repons pou m pote bay moun ki voye m nan. David

Ayiti anba chatiman Bondye depi plis pase desanzan akoz dezobeyisans.

reponn : *Mwen nan gwo tèt chaje ! Men m pa vle tombe anba men lèzòm menm ! Pito se Senyè a menm ki pini m, paske li gen bon kè. Se konsa Senyè a voye yon epidemi sou pèp Izrayèl la. Li kòmanse menm jou matin sa a pou twa jou, jan l te di a. Depi lavi l Dann nan nò rive lavil Betcheba nan sid peyi a, swasanndimil moun nan pèp Izrayèl la mouri. Lè zanj Senyè a te prèt pou lonje men l sou lavil Jerizalèm pou detwi l, Senyè a fè lide pou sispann chatiman an. Li di zanj ki t ap touye moun yo : Sispann ! Kenbe men ou ! Lè sa a, zanj lan te gen tan tou pre gwo glasi Arawounak, moun lavi l Jebis la. David wè zanj la ki t ap touye moun yo, li pale ak Senyè a, li di l konsa : Se mwen men ki koupab, se mwen menm ki fè sa ki mal la. Kisa inosan sa yo fè ? Tanpri se mwen menm ak fanmi m pou w ta pini ! (2 Samyèl 24 : 10-17).*

Sa nou konn panse ki senp nan je nou, Bondye li menm li wè l yon lòt jan depi li pa nan volonte li. Nou wè kijan sa k te pase nan peyi izrayèl la sanble ak sa k ap pase kounye a nan peyi dAyiti. Zansèt nou yo pa t pi bon pase ni wa David ni wa Sayil. Menm jan wa Sayil ak wa David te dezobeyi Bondye, zansèt nou yo te dezobeyi Bondye tou lè 14 dawout 1791 yo te fè ve ak Satan pou yo te kapab bay peyi dAyiti lendepandans. Peyi dAyiti gen plis pase desanzan depi li anba chatiman Bondye akoz dezobeyisans. Nou kapab wè aklè kijan fenomèn chatiman an devlope chak fwa nan yon fason diferan swa nan peyi a oubyen nan pèp ayisyen an menm. Lè se pa siklòn ki trennen gwo inondasyon dèyè l, se tranblemanntè, apre tranblemanntè a ou ta panse nou ta pran yon souf. Men chatiman an vire yon lòt fason : kounye a se epidemi k ap fini avèk nou. Apre tout bagay sa yo nou ta dwe tounen vin jwenn Bondye pou li kapab soulaje nou. Men tankou moun pèp izrayèl yo nou bliye si li se Bondye ki se sous lavi a, se sa k fè nou pa sispann rale lòt chatiman sou nou.

Kounye a keksyon mwen ta renmen poze nou : Kiyès ki se otè tout deblozay sa yo ? Ann gade kisa liv tout liv yo, liv ki gen repons pou tout bagay yo di sou kijan izrayelit yo te rale tout kalte katastwòf sou yo epi n ap konpare konpòtman yo e konsekans dezobeyisans yo ak sa k ap pase nan pwòp peyi nou.

Apre sa, Senyè a pale ak Moyiz ansanm ak Arawon, li di yo konsa : ki lè bann moun mechan sa yo ap sispann bougonnen sou do m konsa ? Mwen bouke tande jan moun pèp Izrayèl yo ap pale m mal. Men sa pou w di yo pou mwen : se mwen menm Senyè a ki di sa. Menm jan nou wè m vivan, mwen fè sèman sa nou te di k ap rive nou an se li k ap rive nou vre. Y ap antere kadav nou tout nan dezè a. nou tout ki t ap bougonnen sou mwen yo, nou tout yo te konte lè resansman an, nou tout ki gen ventan ak sa ki pi gran yo, nou youn p ap antre nan peyi a. Dakò ! mwen te fè sèman mwen t ap fè nou al rete nan peyi a. men, nou youn p ap gen chans lan, esepte Kaleb pitit gason Jefoune a ak Jozye pitit gason noun lan. Nou te di pitit nou yo pral tonbe anba men lennmi nou yo. Men se yo menm m ap fè antre nan peyi nou menm nou refize al pran an. Men nou menm y ap antere kadav nou yo isit nan dezè a. Pitit nou yo pral monte desann nan tout dezè a pandan karant lane, ya peye pou vire nou te vire do ban mwen an, jouk nou tout na fin mouri nèt nan dezè a. Nou menm na peye konsekans peche nou yo pandan karant lane, yon lane pou chak jou nan karant jou te pase ap vizite peyi a. lè san a konnen s asa vle di lè m vire do bay moun. Se mwen menm Senyè a ki di sa: mwen fè sèman se konsa mwen pral aji ak bann moun sa yo ki mete tèt yo ansanm sou do. yo tout gen pou yo disparèt nan dezè sa a. wi se la menm yo tout ap mouri. (Nonb 14 : 26-35)

Pèp la rale chatiman sou tèt li. Sa k t ap soti nan bouch yo te tounen chatiman yo ta pral resevwa a. yo te vire do bay Bondye malgre Bondye te ba yo opòtinite pou yo te vire do bay zidòl yo pou yo te kapab tounen vin jwenn li.

Zansèt nou yo te vire al jwenn satan olye yo te vin jwenn Bondye lè yo t ap mennen batay pou lendepandans la. Bondye itilize pwòp mo yo ak aksyon yo pou li te kapab pini yo tankou li te fè pè izrayèl la. Zansèt nou yo te vire al jwenn satan se poutèt sa Bondye sèvi ak Satan, otè dezobeyisans la, pou li kale nou chak fwa nou dezobeyi l, menm jan li te fè Izrayelit.

Senye a t ap mande ki moun ki vle al pran tèt Akab pou l al fè yo touye l nan lavil Ramòt. Gen zanj ki di yon bagay, gen lòt ki di yon lòt bagay. Se lè sa yon espri vanse devan Senyè a li di : Mwen pral pran tèt li. Senyè a mande l : Kijan ? Lespri a reponn : Mwen pral mete pawòl manti nan bouch tout pwofèt Akab yo. Senyè a di l : Ou ap pran tèt li vre konsa. Ou mèt al fè jan ou di a. (2 Kronik 18 : 19-21).

Men poukisa lidè nou yo pa vle wè verite a pou yo kapab fè yon entèvansyon pou yo mete fren nan chatiman sa, ki toujou ap fè ravaj nan peyi a depi nan kòmansman jouk jounen jodi a ? Ebyen se paske anpil nan yo toujou panse se vodou ki ban nou endepandans. Satan te pran devan zansèt nou yo ak yon kou pa konprann, akoz move chwa yo te fè, tout kalte madichon tonbe sou pitit yo. Bondye ban nou opòtinite tankou li te bay pèp izrayèl la pou nou ta kapab mete fren nan dezobeyisans nou epi pou nou ta kapab tounen vin jwenn Li, li menm ki se pwoteksyon nou, li menm ki se Bondye ki konn fè pwovizyon an.

Lè Wa David te fin okouran ke se akoz peche Wa Sayil ki fè pèp la t ap soufri, li te repanti e li te chache mwayen pou li te kapab wete malediksyon lè li te tonbe fè sa ki byen devan je Bondye. Ebyen se menm jan tou ak pwofèt Jonas, apre li te fin bouche zòrèy li pou l pa t fè sa Bondye te mande l fè pou li te kapab ede pèp Nniv la sove lavi yo, lè li te wè batiman an ta pral koule vre li te pran konsyans e li te gen kouraj pou l di ke se akoz peche li ki fè te gen tout touman sa yo.

Lanmè a t ap vin pi move chak lè, yo di l sa pou nou fè ak ou pou lanmè a vin kal ? Jonas reponn yo : Pran m, lage m nan lanmè, lanmè a va kal nèt. Mwen konnen se mwen menm ki lakòz nou pran van tanpèt sa. Epi yo pran Jonas yo lage l nan lanmè. Lamenm kalmi fèt. Lè maren yo wè sa, yo te vin pè Senyè a anpil. Yo ofri bèt pou touye ba li. Yo pwomèt pou yo sèvi l (Jonas 1: 11-12,15-16).

> Dirijan nou gen kounye a, olye yo pran konsyans epi repanti akoz peche zansèt nou yo, se plis doulè y ap met sou soufrans pèp la.

Dirijan nou gen kounye a, olye yo pran konsyans epi repanti akoz peche zansèt nou yo, se plis doulè y ap met sou soufrans pèp la. Men an verite Bondye p ap kite sa konsa, paske tout priyè sa yo depi nan kòmansman jouk jounen jodi a p ap rete san yo pa fè travay sèvitè ak sèvant fidèl yo ap mande Bondye a. Bondye toujou kenbe pawòl li e li toujou tande priyè moun ki mache dwat devan l yo.

Paske Bondye veye sou moun k ap mache dwat devan li. Li tande yo lè y ap lapriyè nan pye l. Men l ap vire do bay moun k ap fè sa ki mal.(1 Pyè 3 : 12).

Konsa tou pawòl ki soti nan bouch mwen, li p ap tounen vin jwenn mwen san l pa fè sa m te vle l fè a, san li pa fè tout sa m te voye l fè a. Ezayi 55 : 11.

Laverite a ap libere nou

Yon jou, Senyè a pale ak Jonas, pitit gason Amitayi a li di l konsa: leve non ale lavil Niniv, gwo kapital la, al fè moun la yo konnen mechanste yo rive jouk nan zòrèy mwen. (Jonas 1: 1-2)

Menm jan Bondye te voye Jonas pou pèp Niniv la, se konsa tou l ap voye anpil moun ki pote verite a bay pèp Ayisyen an. Menm lè se pwòp eksperyans Jonas ki te fòse l obeyi Bondye e voye l al jwenn pèp Niniv la. Wa Niniv la te kwè ke mesaj la te soti nan Bondye e yo te koute li. Lè Bondye te wè yo te repanti toutbon vre ak tout kè yo. Li pat voye malè sou yo ankò.

Moun lavil yo te kwè nan mesaj pawòl Bondye a. yo bay lòd pou tout moun malere kou grannèg, rete san manje, pou yo mete rad sak sou yo pou yo montre jan yo gen lapenn pou tout mal yo te fè. Nouvèl la rive nan zòrèy wa lavil niniv la. Li leve sou fotèy li a, li wete bèl rad ki te sou li a, li mete rad sak sou li. Lèfini, li chita atè nan sann dife. Li voye fè yon piblikasyon nan tout lavil la. Li di konsa : men lòd wa a ansanm ak lòt chèf li yo bay ; pèsòn pa pou manje anyen. Ni moun, ni bèf, ni mouton, tout pou rete san manje san bwè. Tout moun va gen rad sak sou yo. Tout bèf va nan lapenn. Tout moun va lapriyè Bondye ak tout kè yo. Ya kite tout move zak ak tout mechanste yo te konn fè nan lavi yo. Nou pa janm konnen, Bondye ka chanje lide. La regrèt sa li ta pral fè a, li p ap fache sou nou ankò. Konsa, nou p ap mouri.

Bondye wè sa yo tap fè a. li wè yo te soti pou yo chanje lavi yo vre. Se konsa li chanje lide. Li pa pini yo ankò jan li te di li ta pral pini yo a. (Jonas 3: 5-10)

Aktyèlman tout moun pa gen menm opinion sou dosye endepandans Ayiti a. Yon gwoup moun kwè se

Bondye ki ba nou endepandans, yon lòt gwoup panse se vodou. Ki sa w panse sou sa ? Èske dyab konn bay libète ? Konesans laverite ki soti nan Jezikris se sèl bagay ki ka mennen lòm sou wout liberasyon total capital la depi kounye a jouk nan letènite.

Jezi reponn li: se mwen menm ki chimen an, se mwen menm ki verite a, pèsòn pa ka al jwenn papa a san li pa pase nan mwen. (Jan 14:6)

Jezi di jwif ki te kwè nan li yo: si nou kenbe pawòl mwen nan kè nou, nou se disip mwen vre. Na konnen verite a, lè sa verite ava ban nou libète nou. (Jan 8 :31-32)

Lespri Bondye, Senyè a, desann sou mwen paske Senyè a chwazi m, li voye m pou m anonse bòn nouvèl la bay moun ki nan lapèn yo, pou m geri tout moun k ap soufri yo, pou fè tout moun yo te depòte yo konnen yo delivre, pou m fè tout prizonye yo konnen pòt prison an louvri pou yo. Ezayi 61 : 1.

Bondye pèmèt pèp ayisyen an soufri konsa pou li kapab kapte atansyon nou. Bondye ap tann twa bagay nan men nou, Bondye ap tann pou li ban nou lavi atravè pitit li Jezikris. Li bezwen nou repanti epi pou nou imilye nou devan li. Lè dirijan yo ak pèp niniv la te vin kwè nan Bondye epi yo te kite tout move zak yo t ap fè yo, Bondye pa t pini yo ankò. Si nou aprann pawòl Bondye yo epi nou aprann de pase nou, nou menm tou nou kapab vin jwenn Bondye, lè sa n ap lib toutbon e n ap kapab resevwa lavi an abondans Bondye vle ban nou an.

Mwen fè sèman sou tèt mwen, sa m ap di la se laverite klè. Pèsòn p ap ka demanti pawòl mwen yo.Tout moun pral vin ajenou devan mwen. Se Senyè a menm ki di sa. (Ezayi 45 : 23).

Li chire papye kote tout sa nou te dwe l yo ekri a. papye sa te kondane nou devan lalwa. Kris la detwi l nèt lè li te kloure l sou kwa a. (Kòlòs 2 : 14)

Jezi esplike sa klè: *Lè vòlè a vini, se vòlè li vin vòlè, se touye li vin touye, se detwi li vin detwi, se sa ase li vin fè. Mwen menm mwen vin pou moun ka gen lavi, epi pou yo ka genyen l an kantite. (Jan 10 :10)*

Kisa nou aprann sou konparezon ant Ayiti e Izrayèl la ?

➢ Izrayèl pase anba esklavaj akoz yo dezobeyi pawòl Bondye
➢ Pèp Ayisyen an aji ak menm lespri engratitid sa menm jan ak pèp izrayèl la lè li di ke se vodou ki ba yo endepandans.
➢ Pè Israyèl la fè yon towo bèf an ò e yo mete konfyans yo nan li.
➢ Zansèt nou yo sakrifye yon kochon epi yo di se gras ak kochon sa ki fè yo jwenn gen batay lendepandans la.
➢ Menm jan wa Sayil ak wa David te dezobeyi Bondye, Zansèt nou yo dezobeyi Bondye tou,

lè yo pran angajman nan men satan olye yo te vin jwenn Bondye pou li te kapab bay peyi nou endepandans.

➢ Ayiti anba chatiman depi plis pase desanzan akoz dezobeyisans.

➢ Menm jan ak moun peyi izrayèl yo, nou bliye si se Bondye ki se sekou, se sa k fè nou pa sispann rale lòt chatiman sou nou

➢ Menm jan wa niniv la, chèf yo ak pèp la te kwè nan mesaj Bondye a, nou menm tou nou ta dwe koute l e kwè ladann tou.

➢ Lè sa a, Bondye ap wè nou repanti ak tout kè nou e li pa p voye chatiman sou nou.

Chapit 4

Ayiti, tounen vin jwennn Bondye

Si pèp ki pote nonm nan lapriyè nan pye m, si yo soumèt devan mwen, si yo pran chache m ankò, si yo vire do bay tout vye peche yo t ap fè yo, m ap tande yo nan syèl kote m ye a, m ap padonnen peche yo, m ap fè peyi a kanpe ankò (2 Kronik 7 : 14).

Chapit 4 : Ayiti, tounen vin jwenn Bondye

*A*yiti gen plis pase desanzan depi li granmoun tèt li. Plis pase desanzan depi l pa nan gras Bondye ; epi plis pase desanzan depi l ap dezobeyi Bondye. Se tout rezon sa yo ki fè tout bagay sa yo ap pase nan peyi a.

Pwoblèm Ayiti a pa ni yon pwoblèm sosyal ni yon pwoblèm materyèl non plis. Èd imanitè sèlman p ap kapab rezoud traka peyi sa. Solisyon an se mennen pèp la nan chimen laverite a. Paske men sa ki ekri: *Moun pa kapab viv ak manje sèlman. Yo bezwen tout pawòl ki soti nan bouch Bondye tou. (Matye 4 : 4).*

Plizyè fwa, mwen tande moun ap di Ayiti se peyi ki pi pòv nan emisfè Lwès la. Gen anpil povrete an Ayiti si n ap gade imaj ke yo pibliye nan tout mond lan. Reyèlman vre, lè yon peyi vire do bay Bondye li plis pase pòv. Pèp nou an pòv paske nou chwazi viv ak yon mantalite ki pòv.

Nan lane 2006, mwen te rantre an Ayiti ak yon pastè ameriken ki te vizite peyi a kòm misyonè. Mwen te mennen l wè kèk kote nan peyi a, misye te sezi anpil. Lè m mande l poukisa li sezi konsa, li reponn mwen li sezi wè jan mòn nou yo bèl. Li di m Ayiti se yon bèl kote. Epi li di m sa l wè ak je l yo diferan de sa y ap montre lòt bò nan televizyon, se kote ki pi lèd nan peyi a yo montre nan televizyon pou fè kòb sou do peyi a. Sa li te wè ak tande sou Ayiti se pa t laverite.

Ki sa ki verite a ?

Ayiti gen dis depatman jewografik ladann. Pòtoprens se kapital peyi dAyiti. Ayiti se yon peyi ki rich sosyalman e materyèlman. Mwen vwayaje anpil nan peyi a e mwen wè kalite gras Bondye fè nasyon an. An Ayiti nou gen tout kalte resous, san konte resouzimèn. 1/3 nan popilasyon ayisyèn nan gen mwens pase 15 zan e 60% nan popilasyonan gen mwens pase 25 ane. Ayiti se yon peyi twopikal ki gen yon pakèt resous natirèl ki poko devlope, tankou: van, solèy, plaj natirèl ak anpil lòt sit touristik nou pa jwenn okenn kote ankò nan mond lan ak anpil lòt resous nou jwenn anba tè nan min yo. Nou jwenn anpil lò ak ajan nan zòn Mòn Gran Bwa, Mòn Bossa, nan Lafay, nan Douvray, nan Valyè ak Meme Kaseyis. Nou jwenn tou anpil aliminyòm nan miragwann, nan Savann Bourik ak nan Gwayavye zòn Senmak. Nou pa ka pa site tou anpil lòt resous natirèl ke nou genyen ki entèrese anpil moun. Tankou petwòl ak iranyòm pou n site sa yo sèlman. Siw ta renmen jwenn plis enfòmasyon al sou sitwèb Biwo min ak enèji peyi dAyiti. Oubyen swiv lyen sa : http://bme.gouv.ht/carriere/carriere3/index.html.

Gen twa konpayi ki te nan kous pou jwenn chans pou eksplwate min yo an Ayiti, men se sèlman yon konpayi ki rele SOMINE ki jwenn otorizasyon pou wete richès ki gen nan mòn nou yo. Se sou Gouvènman preval la yo te jwenn otorizasyon sa nan ane 1996, ki te ba yo posiblite pou yo eksplwate 31 mil ekta tè ak posiblite pou yo bay Ayisyen dyòb lè sa posib. Toudènyeman an la apre trablemann tè malouk nou te sot pran an Ayiti an la. Yo jwenn yon min lò nan zòn Twoudinò ke yo evalye ak plis pase 20 milya dola ameriken (NBC News.com). Kounye a keksyon an se : ki sa lajan sa pral itil 10 milyon Ayisyen k ap viv nan peyi a e 4 milyon k ap viv atravè lemond, san konte plis pase 1 milyon moun ki pa gen kote pou yo rete depi tranblemann tè pase a. Nou bezwen reyalize ke Ayiti se peyi ki pi pòv nan kontinan ameriken an. Apre tranblemann tè a, anpil peyi nan mond lan te sezi opòtinite pou yo te kouri vini epi pwofite sou sitiyasyon tranblemann tè a te kite sou pretèks ke yo te vle ede Ayiti pandan ke an reyalite se zafè pa yo yo t ap regle. Men, anpil nan peyi sa yo se pòch yo yo t ap plen sou do peyi dAyiti.

Mwen kwè ke anpil moun nan mond lan ap gade sa k ap pase nan peyi dAyiti e y ap tan pou yo wè sa moun sa yo pral fè ak nasyon sa yo di ki pòv la. Lè tranblemann tè a te frape ayiti jou ki te 12 janvye 2010 la, anpil gwo politisyen, aktè, ekriven, atis ak yon pakèt lòt moun ki te gen lapèn pou Ayiti voye gwo kantite lajan pou ede peyi a. men, kote tout lajan sa yo pase? Plis pase 1 milyon moun poko janm gen kote pou yo rete, Sistèm edikatif la poko janm amelyore, yo poko kreye okenn pwojè ki pou bay pèp la travay. Rezon an se paske se pòch yo y ap plen nan richès peyi dAyiti. Ti gwoup kowonpi sa yo ki gen an Ayiti a, se vann y ap van peyi a mòso pa mòso, paske yo pa ta janm renmen wè peyi sa pwogrese.

Nou pòv paske nou aksepte moun di nou pòv, Se vre, nou kapab bezwen èd finansyè ak materyèl nan men lòt peyi, men, sa nou pi bezwen se èd k ap montre nou kòman pou nou grandi ak pwospere pou kont pa nou. Lè yon moun vle ede toutbon vre yon peyi tankou Ayiti. Li p ap sèlman chita epi tonbe voye manje ban li, men l ap montre l kòman pou l pwodui pwòp manje pa l.

Ou ta kapab bay yon moun ki grangou yon pwason jodi a, men w ap oblije ba l yon lòt demen si w pa montre l kòman pou li kenbe pwason pou l kapab nouri tèt li ak fanmi l.

Yon lòt lè, mwen rankontre yon envestisè ameriken nan Mayami. Pandan nou t ap manje ansanm li fè m konnen se Ayiti li soti. Li di m peyi m nan fè l fè jalouzi. Lè m poze l keksyon sou jalouzi l la, li di m se pou tèt tanperati peyi m nan ak lanati l ki sanble ak yon paradi.

Moun sa yo pa t janm ni tande ni wè reyèlman verite a. Anpil moun nan popilasyon

Reyèlman vre, lè yon peyi vire do bay Bondye li plis pase pòv. Pèp nou an pòv paske nou chwazi viv ak yon mantalite ki pòv.

Ayisyèn nan kwè nan manti ki di ke nou se yon nasyon ki pòv eki pa gen okenn posiblite pou l ni grandi ni pwospere. Lè a rive pou n sispann pran manti. Pèp nou an chwazi satan kòm zanmi, yo pran nan manti l yo. Fòk nou pa bliye ke satan se papa manti e li se yon volè ki soti pou volè tout sa n posede. Li vle vòlè kè nou pou li kapab plen tèt nou ak manti l yo. Li vle detwi fanmi nou yo pou li kapab vire lòlòj

jenerasyon k ap vin ranplase nou yo. Jezi di nou : Lè vòlè a vini, se vòlè li vin vòlè, se touye li vin touye, se detwi li vin detwi, se sa ase li vin fè. Mwen menm mwen vin pou moun ka gen lavi, epi pou yo ka genyen l an kantite. (Jan 10 :10)
Solisyon an se pou n mennen pèp la nan chimen laverite a. Jezi di : se mwen menm ki chimen an, se mwen menm ki verite a, pèsòn pa ka al jwenn papa a san li pa pase nan mwen. (Jan 14:6). Jezi te di nou tou : si nou kenbe pawòl mwen nan kè nou, nou se disip mwen vre. Na konnen verite a, lè sa verite ava ban nou libète nou. (Jan 8 :31-32). Jezi te vini pou l te kapab ban nou lavi, lavi an abondans. Ki lòt fason w ta vle l di nou sa ?

Verite a se pou pèp ayisyen an repanti, epitou vire do bay peche ak tout zak malonèt zansèt nou yo te konn fè nan je Bondye, epi nou menm jounen jodi a nou kontinye ap fè. Nou dwe di satan li se yon mantè e nou p ap kontinye kite l antre nan lespri nou, nan fanmi nou ak nan peyi nou.

Si pèp ki pote nonm nan lapriyè nan pye m, si yo soumèt devan mwen, si yo pran chache m ankò, si yo vire do bay vye peche yo t ap fè yo, m ap tande yo nan syè l kote m ye a, m ap padonnen peche yo, m ap fè peyi a kanpe ankò. (2 Kronik 7 : 14)

Ayiti, reveye w !

Men, Bondye fèmen je l sou tout tan sa yo moun te pase nan inyorans. Koulye a li rele yo tout kote yo ye a, pou yo tounen vin jwenn li. (Travay 17:30)

Ayiti, tounen vin jwennn Bondye

Ayiti, reveye w nan somèy espirityel sa, leve nan dòmi sa ou ye a depi plis pase desanzan an !

Leve non, ou menm k ap dòmi an, leve soti nan mitan mò yo. Kris la va klere ou (Efezyen 5 : 14).

Jezi di : Se mwen menm ki limyè k ap klere tout moun sou latè. Moun ki swiv mwen va gen limyè ki bay lavi a. Yo p ap janm mache nan fè nwa (Jan 8 : 12).

Li lè pou nou tounen vin jwenn Bondye ki fè syèl la, tè a lanmè a ak tout sa ki ladann.

Lage kò w nèt nan men Bondye, nan Kris la, p ap gen wonte pou ou.

Nou gen twòp tan depi nou nan fè nwa, li lè li tan pou nou vin nan limyè, se Jezikris ki limyè a. Pèp ayisyen, nou gen twòp tan depi n ap tatonnen, nou eseye tout kalite moun, yo pase nou nan tenten. Nou eseye tout kalite lwa, yo pase nou nan rizib. Kounye a m ap mande nou pou nou eseye Senyè ki kreye syèl la, tè a, ak tout sa ki ladann, Gwo Bondye ki gen tout pouvwa a. Bondye mande nou pou nou repanti e li swete nou konprann ke se pa toutan n ap jwenn eskiz pou inyorans nou. Chatiman ki gentan tonbe sou nou yo, se lonbwaj sa k gen pou vini yo si nou pa koute vwa Bondye k ap rele nou oubyen si nou pa vle louvri je nou pou n wè sa k ap pase ozalentou nou.

Bondye fèmen je l sou tout tan sa yo moun pase nan linyorans. Koulye a li rele yo tout, kote yo ye a, pou yo tounen vin jwenn li (Travay 17: 30).

Sispann pote kalite chay lou sa yo. Bondye rele nou pou nou chanje mantalite nou, kase tèt tounen nan move chimen nou ye la epi repanti pou peche nou te fè yo. Sispann trennen chay lou nou yo, remèt yo bay Jezi, konsa nou va chape timoun nou yo anba move eritay sa.

Vin jwenn mwen, nou tout ki bouke, nou tout ki anba chay, m ap soulaje nou. Pran jouk mwen, mete l sou zepòl nou. Pran leson nan men mwen. Paske mwen dou, mwen toujou soumèt mwen tout bon devan Bondye. Konsa n ap viv ak kè poze. Paske jouk m ap ban nou an fasil pou pote, chay m ap ban nou an pa lou (Matye 11 : 28-30).

Jezi kanpe nan pòt la e l ap mande nou pou nou ouvè ba l antre nan lavi nou, nan peyi nou ke l renmen anpil. Kounye a se nou menm Ayisyen ki pou louvri pòt peyi a bay Bondye antre.

Moun mwen renmen se yo menm mwen korije, se yo mwen pini. Mete plis aktivite nan sèvis ou, tounen vin jwenn Bondye. Koute, men mwen kanpe devan pòt la, m ap frape. Si yon moun tande vwa mwen, si li louvri pòt la ban mwen, m ap antre lakay li, m ap manje avèk li, l ap manje avèk mwen (Revelasyon 3 : 19-20).

Ayiti, chache pwoteksyon anba zèl Bondye !

Labib se pawòl Bondye voye ban nou. Li ekri anpil lèt damou voye ban nou. Li ta renmen nou chache pwoteksyon anba zèl li. Li pwomèt nou l ap delivre nou epi ban nou sekou si nou rele li.

Moun ki chache pwoteksyon bò kote Bondye ki anwo nan syèl la, moun ki rete kache anba zèl Bondye ki gen tout pouvwa a ka di Senyè a : Se ou ki tout defans mwen. Se ou ki tout pwoteksyon. Ou se Bondye mwen. Se nan ou mwen mete tout konfyans mwen.

Se li menm ki p ap kite ou pran nan pèlen, ki p ap kite maladi ki pou touye ou tonbe sou ou. L ap

| Nou bezwen reyalize ke pa gen anyen nan mond sa ki kapab anpeche nou pwogrese si nou kache anba zèl Bondye |

kouvri ou anba zèl li. Anyen p ap rive kote ou kache a. L ap toujou kenbe pawòl li : se sa ki pwoteksyon ou, se sa ki defans ou. Ou pa bezwen pè bagay k ap fè moun pè nan nwit, ni kè ou pa bezwen kase pou malè ki ka rive ou lajounen. Ou pa bezwen pè maladi k ap tonbe sou moun nan mitan lannwit, ni epidemi k ap touye moun gwo midi. Mil moun te mèt tonbe sou bò gòch ou, dimil sou bò dwat ou, anyen p ap rive ou. W ap rete konsa w ap gade, w ap wè jan y ap bay mechan yo sa yo merite. Paske w pran Senyè a pou defans ou, paske w pran Bondye ki anwo nan syèl la pou pwoteksyon ou, okenn malè p ap rive ou, okenn mechan p ap ka pwoche bò kot kay ou. Bondye ap pase zanj li yo lòd pou yo veye sou ou, pou yo pwoteje ou kote ou pase. Y ap pote ou nan men yo, pou ou pa kase zòtèy pye ou sou okenn wòch. W ap mache sou lyon ak sou sèpan, w ap kraze jenn ti lyon yo ak eskòpyon yo anba pye ou.

*Bondye di : M ap sove moun ki renmenm, m ap pwoteje moun ki konnen mwen. Lè l rele m, m ap reponn li. Lè l nan tray, m ap la avèk li. M ap delivre l, m ap fè yo respekte l. M ap fè l viv lontan, m ap fè l wè jan m ap delivre li (**Sòm 91**).*

Nou bezwen reyalize ke pa gen anyen nan mond sa ki kapab anpeche nou pwogrese si nou kache anba zèl Bondye. Labib di nou nan women 8 :31, kisa nou ka di ankò sou pwen sa ? Si Bondye pou nou kilès ki ka kont nou ?

Men tout zam sa y ap fè pou sèvi kont ou yo p ap fè ou anyen. W ap gen repons nan bouch ou pou tout moun ki va akize ou nan tribinal. Se sa m ap fè pou tout sèvitè m yo, se mwen k ap defann kòz yo, se senyè a menm ki di sa ! (Ezayi 54 :17)

Nou p ap gen anyen pou n pè nan sa satan, lennmi nou an ap pare pou nou si nou kache anba zèl Bondye toupisan an. « Koute mwen ban nou pouvwa pou nou mache sou espòpyon, pou nou kraze tout pouvwa satan anba pye nou, pou anyen pa kapab fè nou mal ». (Lik 10 :19)

Kounye a an nou pran angajman pou nou leve Sòm 24 byen wo sou tèt tout fo dye yo, tout fo pwofèt yo, ak tout fo relijyon yo. Se pou tout moun rekonèt sila ki kreye syèl la, tè a, Bondye Abraram, Izarak ak

Jakòb la, Bondye ki Wa tout wa, Senyè tout senyè epi Chèf tout chèf.

Se pou Senyè a tè a ye ak tout sa ki sou li. Se pou Senyè a lemonn antye ansanm ak tout sa k ap viv ladann. Li mete fondasyon tè a nan fon lanmè, li fè l chita sou gwo larivyè yo. Ki moun ki gen dwa monte sou mòn ki pou Senyè a ? Ki moun li kite nan kay ki apa pou li a ? Se moun ki pa fè anyen ki mal, moun ki pa gen move lide nan tèt yo. Se moun ki pa nan bay manti, moun ki pa nan fè sèman pou twonpe moun. Senyè a va beni moun konsa. Bondye k ap delivre l la va fè l gras. Se moun konsa ki pou chache Senyè a, ki pou chache parèt devan Bondye Jakòb la. Wete lento pòt yo ! Louvri batan pòt yo gran louvri pou wa ki gen pouvwa a ka antre ! Kilès ki wa ki gen tout pouvwa sa ? Se Senyè a ki gen fòs ak kouraj la, li vanyan nan batay la. Wete lento pòt yo ! Louvri batan pòt yo byen gran pou wa ki gen tout pouvwa a ka antre! Kilès ki wa ki gen pouvwa sa? Se Senyè ki chèf lame zanj yo, se li menm ki wa ki gen pouvwa a **(Sòm 24).**

Nan moman sa menm, mwen deja ap viv an akò ak delivrans nasyon Ayisyèn nan pa lafwa gras ak Bondye ki libere m anba esklavaj peche ak pouvwa fòs fènwa. Se poutèt sa mwen chwazi ak tout kè m, ak tout nanm mwen, ak tout lespri m pou m bay Bondye glwa epi pou m pataje temwayaj sa nan tout rakwen peyi dAyiti.

Konsa se lè ou tande mesaj la ou vin gen konfyans.
Mesaj la se pawòl Kris la y ap anonse a. *(Women 10: 17)*

Jezi reponn li: mwen pa deja di ou: si ou kwè waw è pouvwa Bondye. *(Jan 11: 40)*

Pa gen anyen Bondye pa fè. *(Lik 1: 37)*

Lwanj pou Bondye nan tanp ki apa pou li a ! Lwanj pou Bondye nan syèl la kote pouvwa li parèt aklè ! Lwanj pou li pou bèl bagay li fè yo ! Lwanj pou li pou jan li gen anpil fòs ! Lwanj pou li ak twonpèt ! Lwanj pou li ak gita ak bandjo ! Lwanj pou li ak tanbou ! Danse pou fè lwanj li ! Lwanj pou li ak gita ak vaksin ! Lwanj pou li ak senbal ki bay bèl son ! Lwanj pou li ak senbal ki fè gwo bri ! Se pou tout sa ki gen souf fè lwanj pou Senyè a ! Lwanj pou Senyè a *(Sòm 150)!*

Poukisa Ayiti dwe reveye epi tounen vin jwenn Bondye ?

- ➢ Bondye pwomèt l ap padone peche nou epi l ap fè peyi nou ankò. (2 kwonik 7: 14)
- ➢ Nou eseye tout kalite moun, tout kalite espri pou retire nou nan sa nou ye la, men yo tout pase nou nan rizib.
- ➢ Li lè li tan pou nou kase tèt tounen vin jwenn Bondye ki fè syèl la ak tè
- ➢ Bondye swete nou konprann ke se pa toutan n ap jwenn eskiz pou inyorans nou

- Chatiman ki gentan tonbe sou nou yo se lonbraj sa k ap gen pou vini yo
- Nou bezwen koute vwa Bondye epi reponn ak apèl la anvan l twò ta
- Bondye pwomèt l ap delivre nou epi l ap pote nou sekou si nou rele li

Chapit 5

Yon pi bon wout

Gade wè si m sou yon move chimen. Mennen m sou chimen ki la pou tout tan an (Sòm 139 : 24).

Chapit 5 : Yon pi bon wout

Se poutèt sa desann nou devan Bondye, men, pran pozisyon kont satan la kouri kite nou. Pwoche bò kote Bondye, Bondye va pwoche kote nou tou. Nou menm k ap fè peche lave men nou. Netwaye kè nou nou menm k ap woule de bò. (Jak 4: 7-8)

Ayiti bezwen yon revolisyon ki pou libere li nan lesklavaj, men se pa tankou revolisyon ki te fèt nan ane 1791 la. Revolisyon tounèf sa ap kapab libere nou anba enfliyans satanik gras ak pouvwa Bondye toupisan pou peyi nou kapab avanse espirityèlman, ekonomikman ak sosyalman. Revolisyon espirityèl sa pral pèmèt pèp ayisyen an met tèt yo ansanm nan yon sèl lespri ak tout kè yo pou yo ka vin fè yon sèl ak Bondye vivan an. Konsa n ap kapab detwi sistèm satanik sa lenmi an plante nan mitan nou, epi ki mare pwosperite peyi a.

Jak 4 :7 di nou : se pou n desann nou devan Bondye, sa vle di nou dwe soumèt lespri nou anba laverite ki gen nan pawòl Bondye a, e, nou dwe soumèt volonte nou anba volonte li, anba kòmnadman li ak chimen li trase pou nou. Si nou soumèt tèt nou devan Bondye, dyab la ap oblije kouri lwen nou. Lennmi an ap twonpe nou depi lontan. Lè a rive pou pèp ayisyen an mete kanson l nan tay li pou li goumen pou l pran benediksyon l, tankou pèp Izrayèl la te konn fè l nan tan lontan. Nou ka resevwa benediksyon nou nan men Bondye sèlman. Kijan n ap kapab fè sa ? Jak 4: 8 di nou: se nan twa bagay: se nan lave men nou, nan netwaye kè nou ak sispann woule de bò. Vèsè sa montre nou se yon bagay nou ta dwe fè nou menm menm, se sa k fè labib di nou se pou n pwòpte men nou, kè nou ak lespri nou.

Pwovèb 23:7 fè n konpran : yon moun se rezilta sa l ap panse, Jezi menm te di nan Matye 15: 19, se nan kè l tout move lide soti, lide touye moun, lide fè adiltè ak tout lòt bagay ki pa dakò ak volonte Bondye tankou lide vòlè, lide fè manti sou moun, lide bay manti.

> Ayiti bezwen yon revolisyon ki pou libere li nan lesklavaj, men se pa tankou revolisyon ki te fèt nan ane 1791 la.

Si yon moun ki gen tèt fèb gen yon dout nan kè l sou youn nan pawòl Kris la, yon moun k ap mache dwat epi ki gen bon lide nan kè li ap chache jwenn plis konesans nan pawòl Kris yo. Pa gen anyen ki ka twonpe moun pase sa ki nan kè lòt moun. (Jeremi 17: 9), yon moun pa ka peche nan pawòl li ak nan zak li san peche a pa t gentan nan kè l. tout peche soti nan moun, se fwi mechanste ki nan kè yo. Ansèyman Kris la te montre moun yo kalite mechanste ak peche ki nan kè yo. Li aprann yo imilye yo epi pou yo chache pirifikasyon nan basen san li pou peche yo kapab padone.

Apot Pyè mande Ananyas nan travay 5: 3 kijan ou fè kite satan antre nan kè ou pou l fè w bay sentespri manti, pou l fè w kenbe enpe nan lajan tè a pou ou. Ananyas ak Safira te gen anbisyon epi yo te renmen richès ki gen nan mond lan. Yo panse yo te ka sèvi Bondye ak lajan an menm tan.

Ezayi 26: 3 di ke Bondye ap bay kè poze ak moun ki lave men yo, ki pirifye kè yo epi ki sispann woule de bò. Bondye pwomèt l ap ba yo kè poze nèt ale. Moun ki imilye yo devan Bondye epi ki met konfyans yo nan li ap gen kè poze toutan, nan tout sikonstans.

Desann nou devan Bondye, Bondye va leve nou. (Jak 4 : 10).

Se poutèt sa, soumèt nou devan Bondye ki gen pouvwa a, konsa la leve nou lè pou li leve nou an. (1 Pierre 5 : 6).

Imilite se kontrè lògèy. Imilite pèmèt nou pwoche pi pre Bondye paske nou konnen nou bezwen favè li pou nou kapab gen viktwa. Imilite ede lapè rete nan mitan nou, li fè nou pa oblije al batay pou lonè, pou rekonesans ak pou lajan. Kote ki gen lògèy pa ka gen lapè. Lògèy anpeche nou soumèt nou devan Bondye. Li fè n konnen ke nou kapab fè kichòy pou tèt nou ak pwòp kouraj nenpòt kòman e li menm fè n panse ke nou gen bon konprann. Bondye fè gras epi li bay Bon konprann ak moun ki imilye yo. Si nou imilye nou epi nou rekonsilye nou ak Bondye, n ap jwenn bonjan kè poze ke ti kras satisfakyon lambisyon ak lògèy ta kapab ban nou.

Mwen toujou rete kwè ak tout kè m san okenn dout, Bondye jis epi li fidèl. Menm jan 12 janvye 2010 li te sèvi ak anpil lòt nasyon pou yo te pote èd ban nou, konsa tou lespri Bondye gen pou l sèvi ak moun ki reponn apèl li, pou l kapab pote levanjil la nan tout rakwen peyi dAyiti. Li lè pou nou kòmanse revolisyon espirityèl ke n ap bezwen pou pèp la ka chanje kè li pou l ka tounen vin jwenn Bondye papa nou ki nan syèl la, konsa li va wete nou anba malediksyon.

Jou m nan pral yon gwo jou, yon jou ki pral fè moun tranble. Men, anvan mwen gen pou m voye pwofèt Eli, li gen pou fè papa byen ankò ak pitit, pitit vin byen ak papa. Si se pa sa m ap vini, m ap detwi peyi nou an nèt ale. (Malachi 4 : 5-6)

Janbatis te preche repantans menm jan ak pwofèt Eli, men, nasyon jwif la akoz mechanste yo louvri pòt bay malediksyon.

> Li enposib pou peyi a beni san nou pa koupe fache ak tout vye dyab sa yo, ki anchennen nou depi plis pase desanzan.

Bondye ta pral detwi yo, men, li voye Janbatis anvan pou preche yo repantans. Okenn moun pa ka espere chape poul yo anba malediksyon si yo dezobeyi kòmandman Bondye, oubyen pou yo ta kapab jwen bonè antanke yon pèp rachte san nou pa vire do bay peche ak mond sa, pou n kapab tounen vin jwenn Kris la.

Li enposib pou peyi a beni san nou pa koupe fache ak tout vye dyab sa yo, ki anchennen nou depi plis pase desanzan. Anvan tout lòt bagay, nou dwe remèt lavi nou bay Bondye ki kreye nou an, lè sa li va retire nou nan move chimen nou ye la pou li mennen nou nan chimen ki la pou toutan an. (Sòm 134: 24)

Anpil peyi eseye ede nou, men anyen pa ka mache, paske pwoblèm nan se nan nou menm menm li ye. Nou genyen yon pwoblèm ant nou menm ak Bondye ki dwe rezoud anvan ke peyi nou an kapab vanse douvan nan lapè ak nan pwosperite.

Se pou n pran reskonsablite nou epi pou n repanti

Li Lè li tan pou pèp ayisyen an okouran sou tout sa k ap pase nan peyi l. Se nou menm menm ki gen reskonsablite pou n pote chanjman an, okenn lòt moun p ap ka fè sa pou nou. Youn nan bagay nou dwe konprann, Bondye pa jwe ak lenjistis. Bondye te pale klè ak pèp Izrayèl la lè li t ap mennen l Kanaran. Li te di yo si y ap fè lenjistis l ap itilize tè a pou mete yo deyò. Bondye p ap rete nan yon peyi ki pa gen jistis.

Nou dwe met tèt nou ansanm pou n fè sa k byen selon lalwa moral Bondye, men pa pou n fè sa k mal. Kounye a, se pou nou aprann kole tèt nou nan tout sa n ap fè antanke Ayisyen pou byen peyi a epi Bondye va ban nou sajès li nan non pitit li Jezikris. Menm si yon moun ta vle ban nou sipò, si nou pa met tèt nou ansanm antanke Ayisyen, nou tout p ap ka benefisye èd la. Nou dwe sètènman lave men nou epi sispann travay pou dyab la, nou dwe pirifye kè nou epi konekte lespri nou ak Lespri Bondye Vivan an.

Pa chaje tèt nou ak yon bann keksyon : kisa n pral manje? kisa n pral bwè? kisa n pral mete sou nou? Tout bagay sa yo se moun lòt nasyon k ap kouri dèyè yo tout tan. Men nou menm nou gen yon papa nan syèl la ki konnen nou bezwen tout bagay sa yo. Pito nou chache bay bagay peyi Wa ki nan syèl la premye plas nan lavi nou, chache viv jan Bondye vle l la anvan. Lè sa Bondye va ban nou tout lòt bagay sa yo tou. (Matye 6:31-33)

Sa m pi renmen nan pèp Izrayèl la, menm si li te pase anpil tribilasyon. Yo pa t janm bay okenn moun pote chay la, men yo te pran reskonsablite yo, yo gade tèt yo epi yo tounen vin jwenn Bondye.

Men moun pèp Izrayèl yo di Senyè a : Nou fè sa nou pa t dwe fè, ou mèt fè nou sa ou vle. Men tanpri delivre nou jodi a. Apre sa yo wete tout dye lòt nasyon yo te gen lakay yo, yo pran sèvi Senyè a. Senyè a pa t gen kè pou l wè jan pèp Izrayèl la te nan lapèn. (Jij 10 : 15-16).

Si nou pa mete an pratik tout sa nou te aprann nan men pèp Izrayèl la, pou nou sispann blame lòt moun,

Ezayi 26: 3 di ke Bondye ap bay kè poze ak moun ki lave men yo, ki pirifye kè yo epi ki sispann woule de bò. Bondye pwomèt l ap ba yo kè poze nèt ale.

benediksyon nou resevwa nan men Bondye ak lèzòm ap gaspiye akoz anbisyon avèk dezi egoyis nou genyen pou pwoteje enterè nou. Nou bezwen pou n sispann chache èd nan men lòt moun pou n kapab satisfè pwòp dezi nou. Malgre tout benediksyon nou gentan resevwa, nou pa ni anpè ni pwospere paske nou manke yon bagay, sa nou manke a se repantans pou tout mechanste nou fè nan peyi a.

Ann Ret soude

Anpil fwa mwen wè ak pwòp je pa m an Ayiti gen anpil moun, lè yo vle fè yon bagay, yo mete tèt yo ansanm pou yo fè sa yo vle a, menm si li pa bon. Kounye a se pou n mete tèt nou ansanm pou nou fè sa ki bon devan je Bondye, epi l ap beni nou lè li wè nou tounen vinn jwenn li. Kounye a menm, m ap envite tout Ayisyen toupatou nan lemonn, pou mete tèt yo ansanm pou rele nan pye Bondye toupisan an, pou li kapab padonnen peche nou yo epi geri nasyon nou an. Priyè sa se pou n mande padon pou peche nou yo ak pou peche zansèt nou yo. Nou mande ak tout moun ki renmen Ayiti pou yo ede nou rele nan pye Bondye.

Mwen menm Senyè a, mwen konnen tout lide ki nan tèt yo, mwen sonde santiman ki nan kè yo. M ap bay chak moun sa yo merite dapre jan yo mennen bak yo (Jeremi 17: 10).

Kòm Bondye gen yon plan pou peyi dAyiti, n ap òganize yon gwo evènman sou tèm sa : « **Ayiti, tounen vin jwenn Bondye** », Bondye pwomèt nou si nou rele nan pye l si nou chache l ak tout kè nou, l ap fè nou ini nou ansanm pou n ka vin yon nasyon toutbon, konsa n ap kapab vanse nan gwo plan li te gen pou nou an.

Se mwen menm ki konnen sa m gen nan tèt mwen pou nou. Se mwen menm Senyè a k ap pale. Se bye mwen ta vle wè, pa malè pou nou. Mwen ta vle demen nou jwenn sa n ap tann nan. Lè sa na rele m na vin lapriyè nan pye m, ma reponn nou. Na chache m na jwenn mwen paske na chache m ak tout kè nou. Wi, ma kite nou jwenn mwen, se mwen menm ki di sa. M ap pase menm ranmase nou nan tout peyi toupatou kote m te gaye nou yo. M ap mennen nou tounen kote m te pran pou m te depòte nou an. Se mwen menm senyè a ki di sa. *(Jeremi 29: 11-14)*

    Se poutèt sa, m ap mande w pou ede nou nan yon priyè n ap fè nan tèt kole pou Ayiti, pou n kapab repanti epi tounen vin jwenn Bondye, konsa l ap padone peche nou ak peche zansèt nou yo. Se pou n mete tèt nou dakò ke Bondye kapab itilize nou menm jan ak lòt sèvant e lòt sèvitè l nan gwo evènman sa ki se : « Ayiti, Tounen Vin Jwen Bondye » pou nou kapab pote anpil ansèyman ak gras salvatris ki gen nan Bondye, pou glwa li kapab manifeste. Se pou n mande Bondye pou li pèmèt mesaj sa antre nan kay chak Ayisyen, nenpòt kote li twouve li, konsa mesaj sa va yon benediksyon nan lavi tout moun ki va resevwa li.

    Bondye vle ban nou kle pwosperite peyi dAyiti, men, nou dwe met tèt nou ansanm pou nou priye epi travay toutbon vre pou yon jou nou ka wè Ayiti tounen vin jwenn Bondye !

Yon pi bon wout

Men sa m ap di nou ankò: si de nan nou mete yo dakò sou latè pou mande nenpòt ki bagay lè y ap lapriyè, Papa m ki nan syèl la va ba yo li. (Matye 18: 19)

Nou ka met tèt nou ansanm pou n fè yon sèl pou nou mande Bondye toupisan an padon, pou n ka pran nan men Satan kle pwosperite peyi dAyiti. Satan itilize pouvwa l pou li fèmen pòt nan peyi nou. Men konnen byen lenmi an gen limit li, li p ap ka kanpe devan nou lè nou kase tèt tounen vin jwenn Chèf tout chèf yo ak Senyè tout senyè yo pou ede nou.

Bondye vle ban nou kle pwosperite peyi dAyiti, men, nou dwe met tèt nou ansanm pou nou priye epi travay tout bon vre pou yon jou nou ka wè Ayiti tounen vin jwenn Bondye !

Se mwen menm k ap louvri chimen pou ou. M ap fè mòn yo vin plat. M ap kraze gwo pòtay an kwiv yo. M ap kase ba fè yo de bout. (Ezayi 45 : 2)

M ap ba li kle pou l reskonsab kay David: Lè li louvri, pèsòn p ap ka fèmen. Lè li fèmen, pèsòn p ap ka louvri. (Ezayi 22:22)

Ekri zanj legliz ki nan lavil filadèlfi a. di l konsa: Moun ki Sen an, Moun k ap di verite a, Moun ki gen kle wa David la nan men l lan, Moun ki lè l louvri pèsòn pa ka fèmen, lè l fèmen pèsòn pa ka louvri a. (Revelasyon 3:7)

Yon pi bon Wout

Pwovèb 14:12 di nou konsa: Chimen ou kwè ki bon an seli ki mennen tou dwat nan lanmò. Nan swiv nou swiv chimen moun trase ban nou, nou pèmèt lennmi an antre nan peyi nou. Nou bezwen pou nou kase tèt tounen nan chimen nou ye la ki pap mennen nou lòt kote ke nan lanmò epi pou n chache jwenn yon pi bon wout.

1 korint 12: 31 fè n konnen : nan fon kè nou se pou n chache gen don ki pi enpòtan yo. Mwen pral montre nou yon jan ki bon nèt. Pa gen pase li. Bondye ap montre nou chimen an, men, se si nou vle vin jwenn li, si nou repanti pou peche nou yo e si nou mande l pou li gide nou.

Lè nou li nan 2 samyèl 22: 31, Bondye o! tou sa w fè bon nèt ale. Ou pa gen de pawòl. Ou pwoteje tout moun ki chache pwoteksyon anba zèl ou. Bondye wè wout la nan depi nan kòmansman jouk nan fen. Se sèl nan li nou ka jwenn chimen ki pou mennen nou nan lavi an abondans lan. Bondye ap pwoteje nou si nou mete konfyans nou ak espwa nou nan li. L ap montre nou bon chimen an.

Èske w vle priye avèk mwen nan Sòm 27: 11-14?

Senyè montre m jan ou vle m viv la. Fè m mache nan chimen ki pa gen okenn move pa a, paske mwen gen anpil lennmi k ap veye m. pa lage m nan men lennmi yo. Yo soti pou yo touye m. se yon bann moun k ap bay manti. Mwen menm mwen sèten m ap viv pou m wè jan Bondye sèvi byen ak pèp li a. Mete espwa ou nan Senyè a! gen konfyans, pa dekouraje! Wi, mete espwa ou nan Senyè a!

Kijan nou menm antanke yon nasyon kapab jwenn pi bon wout la pou Ayiti kapab grandi e pwospere?

➢ Jak 4: 7 di nou dwe desann nou devan Bondye
➢ Nou dwe soumèt lespri nou anba laverite ki gen nan pawòl Bondye a
➢ Nou dwe soumèt volonte nou anba volonte li, anba kòmandman li ak chimen li trase pou nou.
➢ Si nou soumèt nou devan Bondye, dyab la p ap ka kanpe devan nou
➢ Nou dwe lave men nou, pirifye kè nou epi sispann woule de bò
➢ Nou dwe met tèt nou ansanm pou n fè sa k byen selon lalwa moral Bondye
➢ Nou dwe aprann met tèt nou ansanm nan tout sa n ap fè pou byen peyi nou

Chapit 6

Enplikasyon ak objektif

Men sa m ap di nou ankò : Si de nan nou mete nou dakò sou latè pou mande nenpòt ki bagay lè n ap lapriyè, papa m ki nan syèl la va ba nou li (Matye 18 : 19).

Chapit 6: Enplikasyon ak objektif

*P*ran prekosyon ! Liberasyon espirityèl peyi dAyiti pa sou kont yon sèl sektè, men li sou kont tout sektè. Nou tout konprann byen pwòp, pwoblèm Ayiti pa soti nan yon sèl moun, men nan tout Ayisyen. Sa k ap viv isit tankou sa k ap viv lòt bò dlo.

Nou tout koupab

Si nou sonje byen, pwofèt Danyèl pa t lonje dwèt sou yon grenn moun, men sou tout pèp jwif la. Li te kòmanse sou pwòp tèt pa l, lè li di mwen menm jan ak nou. Men li te rete kwè pwoblèm nan se te pwoblèm tout moun, tankou nan sa nou ye jounen jodi a la.

Nou peche, nou fè mechanste, nou fè sa ki mal, nou vire do ba ou, nou pa fè sa ou te mande nou fè a, ni sa ou te ban nou lòd fè a. (Daniel 9 : 5).

Danyèl te pran reskonsablite l tankou jan m ap fè kounye a, lè li te rekonèt Bondye toujou bezwen yon nonm ki pou Kanpe pou peyi l.

Nan tout peyi a moun yo lage kò yo nan fè mechanste, nan vòlè zafè moun. Y ap toupizi pòv malere yo ak moun ki nan malsite yo, y ap pwofite sou moun lòt nasyon yo san rezon. Mwen chache nan mitan yo yon moun ki ta ka bati yon miray, ki ta ka kanpe kote miray yo ap kraze a, pou pran defans peyi a lè ma fè kòlè pou m detwi l, men, m pa jwen pèsòn. (Ezekyèl 22:29-30)

Mwen pa ta vle Bondye di nou ke l ap chache yon nonm ki pou kanpe, men, li pa jwenn pèsòn. Kòmantè Matthew Henry a pale nou nan ki kondisyon Izrayèl te ye lè Bondye t ap di pwofèt Ezekyèl sa: tout moun te deside met ansanm pou plen gode peche nasyon an. Moun ki te gen pouvwa yo t ap toupizi pèp la, menm moun k ap achte ak vann yo te jwenn yon mwayen pou youn te toupizi lòt. Li pa bon lè pa gen lajistis nan mitan yon pèp, lè pèp la pèdi tout anvi pou li lapriyè. Se pou tout moun ki gen krentif pou Bondye met tèt yo ansanm pou yo pale sou laverite ak jistis Bondye, menm jan mechan yo mete yo ansanm pou yo kontre kare yo. M ap voye apèl sa bay tout moun ki genyen Bondye krentif, pou yo

> Bondye toujou bezwen yon nonm ki pou Kanpe pou peyi l.

met tèt yo ansanm pou gaye laverite ak jistis Bondye a toupatou. M ap kanpe pou peyi m ak pèp mwen e m ap kòmanse anvan paske Bondye toujou tande lapriyè moun ki jis yo epi li reponn yo.

Paske Bondye veye sou moun k ap mache dwat devan li. Li tande yo lè y ap lapriyè nan pye l. (1 Pyè 3 : 12 a).

Mwen sèten Bondye pral ban m plis fòs nan priyè m yo, epi mwen kwè tout pèp Ayisyen an ap rasanble pou fè gwo priyè sa devan Bondye ki gen

Enplikasyon ak objektif

tout pouvwa a, pou nasyon an kapab chache l toutbon vre.

O Bondye papa nou ! Tanpri, tande lapriyè sèvitè ou a ap fè nan pye w. M ap mande ou, tanpri souple, voye je ou sou peyi nou ki fin kraze, pou tout moun ka konnen se Bondye ou ye.

O Bondye ! Pare zòrèy ou pou tande nou ! Voye je ou wè jan nou fini ! Gade ki eta lavil ki pote non ou a ye ! Se pa paske nou fè anyen ki dwat, ki fè n ap lapriyè nan pye ou konsa. Men se paske ou gen bon kè anpil. Senyè, koute nou non ! Senyè padonnen nou ! Senyè, louvri zòrèy ou ! Fè kichòy ! Pa mize, pou tout moun ka konnen se Bondye ou ye ! Lavil la ansanm ak pèp la se pou ou yo ye. Se pou yo m ap lapriyè. » Danyèl 9 : 17-19.

Nou gen pou nou prepare yon plas espesyal pou moman sa, se ladann nou pral adore epi onore Bondye nou an.

Pou tout Ayisyen ki reve wè yon chanjman nan peyi nou an, nou ofri nou yon lòt kalite revolisyon k ap ka pote chanjman an. Se pa yon revolisyon k ap fèt ni avèk zam ni avèk mitrayèt, men ak pisans Bondye, paske « Zam m ap sèvi nan batay m ap mennen an, se pa menm ak zam moun k ap viv dapre lide ki nan lemonn yo. Zam mwen se zam ki gen pouvwa devan Bondye pou kraze tout gwo fòs... » (2 Korentyen 10 : 4).

Ann gade menm kote

Mwen vle bay revelasyon sa ak tout frè Ayisyen m yo, konsa lè gran jou nou tout ap tann nan va rive, nou va met tèt nou ansanm, pou n priye Bondye toupisan an.

Paske se pa ak moun nou gen pou n goumen. Men se ak move lespri ki nan syèl la, ak chèf, ak pouvwa, ak otorite k ap gouvènen nan fè nwa ki sou latè a. Efezyen 6 : 12.

Li enpòtan pou nou tout konnen se pa yon mouvman politik, men se yon mouvman espirityèl, ki sou kontwòl ak direksyon Bondye. Travay nou tout ap gen pou n fè, se pou n libere tèt nou anba lesklavaj satanik ki anchennen nou, epi ki anpeche Ayiti devlope. Se poutèt sa nou dwe konnen sèl moun ki ka libere nou an li rele Jewova Dye.

Men objektif nou se pou n priye epi Bondye va fè rès la.

Vizyon sa Bondye ban mwen an mande pou m ede tout moun pastisipe nan nan pwojè sa e objectif la mande pou m rankontre ak tout dirijan legliz yo, yon mannyè pou m ka eksplike yo enpòtans revolisyon espirityèl la, epi pou n kapab ba yo plan ki pou fè yo konnen kijan priyè sa ap òganize pou tout Ayisyen ka patisipe.

Tout moun ap kapab patisipe nan gwo evènman sa. Li enpòtan pou vizyon an reyalize, pa rete nan silans, men fòk nou pale ak tout konpatriyòt nou

Enplikasyon ak objektif

yo. Li plis ke yon nesesite pou nou ini nou epi mete sou kote diferans ideyolojik, relijyez, politik ak sosyal nou pou n libere Ayiti espirityèlman avèk sipò e pouvwa Bondye. Nou konprann chak moun gen bagay pa yo pou yo regle, nou respekte sa, men objektif nou se pou n priye epi Bondye va fè rès la. Antanke Ayisyen nou dwe marye ak orijin nou. Gen anpil peyi nou konnen ki fè sa. Nou dwe fè l tou. Se pou nou youn renmen lòt ak tout kè nou, nou dwe renmen lang nou, sosyete nou ak yon kilti ki fè Bondye plezi. Ann swiv konvèzasyon farizyen yo ak repons Kris sou dosye kilti a :

Poukisa disip ou yo pa swiv koutim granmoun lontan yo? Gade yo pa lave men yo lè y ap manje. Li reponn yo: Nou menm k ap pale a, poukisa n ap plede dezobeyi kòmandman Bondye yo pou nou swiv koutim pa nou yo ? (Matye 15: 2-3).

Jezi di nou: Nou dwe chache fè lapè ak Bondye anvan epi pou nou renmen l pase tout lòt moun ki nan vi nou. Dezyèmman, nou de rekonsilye youn ak lòt, konsa istwa nou va pran yon pi bon direksyon. Nou va vanse douvan gras ak prezans Bondye.

Se pou ou renmen mèt la, Bondye ou, ak tout kè w, ak tout nanm ou, ak tout lide ou. Se kòmandman sa ki pi gwo, ki pi konsekan. Men dezyèm kòmandman ki gen menm enpòtans ak premye a : Se pou w renmen frè parèy ou tankou w renmen pwòp tèt pa ou (Matye 22 : 37-39).

Jezi, lè li te sou latè, te fè nou konnen : Si se pa papa m nan syèl la ki plante yon plant yo gen pou derasinen l (Matye 15 : 13). Bondye va wete tout move tout move semans ki gen nan peyi nou, nan lespri pèp la ak nan kilti nou. Se pou n aprann sèvi ak pawòl Bondye, paske Labib fè nou konnen : Bòn nouvèl la se pouvwa Bondye ki la pou delivre tout moun ki kwè (Women 1 : 16). Se poutèt sa mwen pran otorite m pou m deklare jodi a menm, Ayiti, peyi m ak nasyon m, libere anba kontra satanik sa, jan sa ekri nan Matye 18 : 18 : Sa nou va defann moun fè sou latè, yo p ap kapab fè l nan syèl la tou.Tout sa n ap pèmèt moun fè sou latè y ap kapab fè l nan syèl la tou. Ou menm k ap li liv sa, reponn ansanm avèm : Se pou pawòl sa tounen verite nan peyi a nan non Jezikris, se pou li tout glwa ye pou tout tan gen tan. Amèn !

Konpòtman nou dwe genyen pou n reyisi kanpay espirityèl sa

M ap voye senpati m bay tout fanmi Ayisyen ki te soufri epi ki te pase anba tribilasyon ki fè nou kriye anpil. Nou tout soufri anpil e nou tout bezwen pran jenou nou pou nou rele nan pye Bondye toupisan an pou tout frè ak sè nou yo, kèlkeswa kote yo ye. M ap fè w konnen m te pase anba menm soufrans avèk nou, epi lè m met kò m apa pou m priye, nan priyè m yo Bondye toupuisan fè m santi doulè nou yo.

Mwen di Bondye mèsi, poutèt li pèmèt mwen fè pati kanpay liberasyon espirityèl peyi dAyiti, mwen rete kwè Ayiti ap libere kanmenm. Mwen gen

Enplikasyon ak objektif

konfyans, si Kris poko tounen, Listwa va pale pou Ayiti toupatou nan lemonn sou sa Bondye fè pou nasyon nou an. M ap mande nou tanpri pou nou pa pèdi espwa, m ap mande nou tou tanpri souple pou nou kontinye priye pou volonte Bondye ka fèt sou tè a tankou nan syèl la. Kounye a li fè nou konnen kijan pou n sèvi ak pawòl li pou byen peyi a.

Anpil fwa lè n ap pale nou pa korije bouch nou. Bouch nou gen anpil pouvwa. Pawòl Bondye a di nou lè n ap pale se pou n bat pou n pale dapre bon konprann Lespri Bondye bay la men se pa avèk swadizan bon konprann ki gen nan mond la.

Jou jijman an moun gen pou rann kont pou tout pawòl yo di yo pa t bezwen di. Paske se dapre pawòl ou y ap jije w, se pawòl ou k ap di si w inosan ou si w koupab. (Matye 12 : 36-37).

Lèzòm fè lide nan kè yo. Men dènye mo a nan men Bondye. (Pwovèb 16: 1)

Si nou kwè ak tout kè nou nan Pawòl la e nou aprann li, kèlkeswa sa n ap di oubyen fè ap an akò ak volonte Bondye. Jezi deklare ak bouch li menm :Si ou kwè ou va wè pouvwa Bondye. (Jean 11 : 40). Jezi, lè li te sou latè, te fè nou konnen tout sa nou mare sou tè a li mare li anwo nan syèl la. Se poutèt sa mwen deklare Ayiti libere anba dominasyon satanik nan non san Jezi ki te koule sou kwa a. Mwen leve anbago satanik sa ki gen plis pase desan lane sou tèt peyi dAyiti e mwen kraze tout pouvwa satan anba pye m nan non san Jezikri. Tout moun ki kwè, ki aksepte se sèl Bondye ki ka mete Ayiti deyò nan twou kote l ye a, repete deklarasyon ki fèt anlè a ansanm avèk mwen.

Rekonpans yon moun chita sou sa li di ak bouch li. Men moun ki ipokrit renmen fè mechanste. Veye pawòl ki soti nan bouch ou, ou va pwoteje lavi ou. Moun k ap prese louvri bouch yo pou yo pale ap detwi pwòp tèt yo. (Pwovèb 13: 2-3)

 Se poutèt sa mwen di, nou menm Ayisyen nou bezwen kontwole bouch nou. Sa k ap soti nan bouch nou fèt pou kadre ak verite ki nan pawòl Bondye. Pawòl k ap soti nan bouch nou fèt pou li montre konfyans nou gen nan kè nou ke Bondye ap montre grandè li nan lemond selon jistis li. Nou dwe etidye pawòl Bondye pou pawòl k ap soti nan bouch nou ka fè yon sèl ak plan Bondye gen pou peyi nou.

 Kòmante Matthew Henry a di nou konsa: se pawòl k ap soti nan bouch moun ki toujou boulvèse limanite, Nan chak peryòd nan istwa limanite, kondisyon lavi kit li piblik oubyen prive toujou montre nou sa byen klè. Dife ki gen nan lang yon moun pi rèd ke dife ki gen nan lanfè e chak fwa ke moun sèvi ak lang yo pou yo peche, yo ogmante dife lanfè.

 Ann li Jak 3: 6-18 pou ka rekòlte bon konprann Bondye kite pou nou e ke n ap chache pou n ka vanse douvan ak revolisyon espirityèl la, konsa na libere peyi nou anba esklavaj satanik.

Enplikasyon ak objektif

Enbyen lang se tankou dife. Se la tout lenjistis rete, paske se yon manm nan kò nou li ye, l ap kontaminen tout kò an nèt. Se lanfè menm ki mete dife nan li. Apre sa li menm pou tèt pa l, li mete dife nan tout lavi nou. Moun ka donte tout kalite bèt, zwazo, bèt ki trennen sou vant, bèt ki nan lanmè. Li menm rive donte yo deja. Men, pou lang lan menm pèsòn poko ka donte li. Se yon move bagay ou pa ka kontwole, li plen pwazon ki ka touye moun. Avèk lang nou, nou fè lwanj Bondye papa nou. Avèk menm lang lan, nou bay moun madichon, moun Bondye te kreye pòtre ak li. Menm bouch la bay benediksyon, li bay malediksyon tou. Frè m yo sa pa dwe fèt konsa. Yon sous dlo pa ka bay dlo dous ak dlo sale an menm tan. Frè m yo yon pye fig frans pa ka donnen grenn oliv ni yon pye rezen pa ka donnen fig frans. Dlo sale pa ka bay dlo dous non plis. Si gen nan mitan nou yon moun ki gen bon konprann, ki gen lespri, se pou l montre sa ak bon konduit li. Se pou l fè sa ki byen san lògèy, men avèk bon konprann. Men si n ap fè jalouzi nan kè nou, si nou kenbe moun nan kè, si n ap kouri dèyè enterè pa nou, pa vante tèt nou, pa fè manti sou laverite a. Bon konprann sa pa soti nan Bondye, li soti nan lemonn, nan moun ak nan dyab la. Paske, kote ki gen jalouzi, kote moun ap kouri dèyè enterè pa yo fò k gen dezòd ak tout kalite mechanste. Pou kòmanse, moun ki gen bon konprann ki soti nan Bondye a ap fè volonte Bondye, l ap viv byen ak tout moun, l ap respekte tout moun, l ap tande rezon, l ap gen kè sansib, l ap fè anpil anpil byen, li pa nan de fas ni nan ipokrit. Moun k ap chache pou lèzòm viv byen youn ak lòt, y ap travay ak kè poze pou yo ka rekòlte yon lavi ki dwat devan Bondye.

Kisa nou dwe fè pou peyi nou ka restore espirityèlman ?

➢ Liberasyon espirityèl peyi dAyiti pa sou kont yon sèl sektè, men li sou kont tout sektè
➢ Tout moun ki genyen Bondye krentif, dwe met tèt yo ansanm pou gaye laverite ak jistis Bondye a toupatou
➢ Li enpòtan pou nou tout konnen se pa yon mouvman politik
➢ Se yon mouvman espirityèl, ki sou kontwòl ak direksyon Bondye
➢ Nou dwe konnen sèl moun ki ka libere nou an li rele Jewova Dye
➢ Nou dwe renmen lang nou, sosyete nou ak yon kilti epi asire nou ke tout sa n ap fè, fè Bondye plezi
➢ Anpil fwa lè n ap pale nou pa korije bouch nou. Bouch nou gen anpil pouvwa
➢ Pawòl Bondye a di nou lè n ap pale se pou n bat pou n pale dapre bon konprann Lespri Bondye bay la men se pa avèk swadizan bon konprann ki gen nan mond la.

Chapit 7

Bon jan lidè a

Se mwen menm ki bon gadò mouton yo, bon gadò mouton yo ap bay lavi l pou yo (Jan 10 : 11)

Chapit 7 : Bon jan lidè a

Èske Bondye rele w pou vin yon bon jan lidè an Ayiti?
Ki karakteristik yon bon jan lidè dwe genyen
Ki sa k fè yon nonm yon bon jan lidè
Èske se pouvwa oubye karaktè moral li
Èske w se yon bon jan lidè

Yon moun pa ka leve yon bon jou epi pou l di l se yon lidè. Si nou etidye fòmasyon sou lidèchip Bondye bay lidè li rele nan labib yo, n ap wè ke yon moun gen pou l pase nan anpil eprèv anvan li vin yon bon jan lidè. An Ayiti nou gen yon gwo pwoblèm lidèchip. Moun ki di yo se lidè nou yo pa konn wòl yo. Yo pa janm pran rekonsablite yo lè nasyon an devan gwo pwoblèm. Yo ba nou bèl pawòl pou fè nou konprann ke yo se dirijan k ap kapab ede nou soti nan chimen jennen ke nou ye la. Men, otomatikman yo jwenn pozisyon yo t ap chache a, yo bliye tout pwomès yo te fè. Yo vin pèdi tout kredibilte yo paske yo echwe nan misyon pèp la te ba yo a.

Men lè w ap pale se wi ak non pou ou genyen ase, tout sa ou mete anplis se nan Satan sa soti. (Matye 5 : 37)

Se sèlman sila yo ki gen karaktè nesesè pou denonse koripsyon an sou nenpòt ki fòm li prezante, ki se bon jan lidè nou bezwen nan peyi nou. Listwa fè n konnen nan Labib, lè yon peyi ap pase nan sitiyasyon difisil, Bondye toujou sèvi ak youn nan sèvitè l yo (yon lidè) pou pote yon solisyon bay nasyon an. Lidè sa yo se moun Bondye fòme pou reponn ak apèl li lè li rele yo, tankou : Danyèl, Neyemi, Esdras, elatriye. Si nou li istwa lavi moun sa yo n ap wè kòman Bondye prepare yo li menm menm, anpil fwa se nan malè ki rive yo li ba yo leson, pou yo kapab gen karaktè ki nesesè ak kantite kouraj y ap bezwen pou mennen pèp la nan tè pwomès la.

Bon jan lidè a

Men nan ka pa nou an, Pa menm gen youn nan lidè sa yo ki pa t anyen, Bondye leve nan diyite epi jodi a ki vin gen yon renome politik, ou ta di ki pou ta leve kanpe kont sistèm kowonpi sa. Anpil ladan yo pwomèt yo pral met yon bout nan koripsyon. Men olye yo fè sa, yo foure kò yo tout longè ladann. Mwen ta renmen fè tout moun ki nan vye sistèm pouri sa sonje gen yon Bondye k ap pran nòt sou tout vye bagay y ap fè. Yo ka twonpe pèp la se vre, men, yo p ap ka twonpe Bondye. Bout pou bout Bondye gen pou jije yo pou tout sa yo fè.

Gen yon bann mechan k ap viv nan mitan pèp mwen an. Y ap veye konsa tankou moun k ap tann pyèj pou zwazo, yo mete pèlen pou pran moun. Menm jan chasè yo plen kalòj yo ak zwazo, konsa tou, yo plen kay yo ak sa yo vòlò. Se sa ki fè yo grannèg, ki fè yo rich konsa. Yo gra, po figi yo klere ak grès. Yo pa gen limit nan fè sa ki mal. Pou yo ka rive, yo kraze tout moun anba pye yo, ata timoun san papa. Yo pa defann kòz malere. Atò pou m pa ta pini yo pou sa ? Pou m pa ta pran revanj mwen sou yon nasyon konsa? Se mwen menm Senyè a ki di sa (Jeremi 5 : 26-29).

Fòk nou pa bliye, nou tout nou gen pou n parèt devan tribinal Kris la pou li ka jije nou. Lè sa, chak moun va resevwa sa ki pou li dapre byen ousinon mal li te fè antan li te nan kò sa (2 Korentyen 5: 10).

Lespri Bondye kòmanse ap avili tout kalite moun sa yo, l ap kontinye fè l jiskaske li transfòme lidè ayisyen yo jan l vle la.

Ou kwè yo ta wont pou bagay lèd yo fè yo? Bichi ! non yo pa wont menm. Yo pa konn sa ki rele wont. Se poutèt sa yo pral tonbe menm jan tout lòt yo te tonbe a. Lè m va pini yo se va bout yo, se mwen menm Senyè a ki di sa. (Jeremi 8: 12).

> *Listwa fè n konnen nan Labib, lè yon peyi ap pase nan sitiyasyon difisil, Bondye toujou sèvi ak youn nan sèvitè l yo (yon lidè) pou pote yon solisyon bay nasyon an*

Karakteristik yon bon jan lidè

Lè m reflechi sou karaktè yon lidè, e lè m etidye lavi yon nèg tankou Danyèl, mwen vin konprann kalite yon moun dwe genyen pou li vin yon bon jan lidè. Premye kalite yon lidè dwe genyen se krentif pou Bondye, dezyèmman, li dwe chache jwenn sajès ki soti anwo bò kot Bondye. Twazyèmman li dwe aprann rete tann Bondye anvan l aji. Bon jan lidè a toujou chache fè volonte Bondye nan lè e nan tan.

Pwovèb 9 : 10 fè n konnen lè ou gen krentif pou Bondye se lè sa a ou kòmanse gen bon konprann. Si w konnen ki moun Bondye ye, ou gen lespri. Lidè yo bezwen sajès ki gen ladan de bagay : bon konprann ak lespri. Bon konprann san lespri pa vo anyen. Sajès vle di, etidye pou n byen konprann sa Bondye vle pou nou fè. Lè sa n ap aprann lalwa Bondye ak fason li fonksyone. Lespri a li menm li fè n fè sa bon konprann lan mande. Yon bon jan lidè pa sèlman yon moun k ap koute pawòl la, men, li se yon moun k ap fè tou sa pawòl la mande.

Se pou nou fè tout sa pawò l la mande nou fè, pa rete ap koute ase. Lè sa se tèt nou n ap twonpe. Paske lè yon moun tande pawò l la ase san li paf è sa pawò l la mande l fè a, li tankou yon moun ki gade figi l nan yon glas, men kou l vire do l ale li bliye kisa li sanble. Men, moun ki fikse je l sou lalwa ki bon nèt la, lalwa ki bay libète a, si l soti pou fè sa lalwa a mande a, si li pa yon moun ki kite pawòl la antre nan yon zòrèy pou l soti nan yon lòt, men kif è sa lalwa a mande, moun sa va jwenn benediksyon nan sa l ap fè a.(Jak 1 :22-25)

Yon moun fèt an twa pati : nanm, kò ak lespri. Ou gen dwa kapab reflechi byen sou zafè sosyal ak materyèl. Nou ka wè gen kèk bagay ki an dezòd ki ta merite koreksyon, men si lespri w pa konekte ak pa Bondye vivan an, ebyen kapasite w genyen pou w ta ka pote bon jan chanjman an limite. Bondye prepare tout moun li chwazi pou vin yon lidè, tankou li te fè pou Danyèl ak lòt sèvitè yo.

Bondye bay kat jenn gason sa yo konesans, lespri ak bon konprann pou yo te ka li tout kalte liv. Lè fini li bay Danyèl don pou l te konprann sans tout kalte vizyon ak tout kalte rèv. (Danyèl 1 : 17).

Si yon moun nan mitan nou manke bon konpran, se pou l mande Bondye, Bondye va ba li l. Paske Bondye bay tout moun san mezire, pou granmesi. Jak 1 : 5.

Si w se yon lidè ou dwe chache sajès ki soti anwo, men se pa bagay yo aprann ou sou latè.

Si gen nan mitan nou yon moun ki gen bon konprann, ki gen lespri, se pou l montre sa ak bon konduit li. Se pou l fè sa ki byen san lògèy, men avèk bon konprann. Men si n ap fè jalouzi nan kè nou, si nou kenbe moun nan kè, si n ap kouri dèyè enterè pa nou, pa vante tèt nou, pa fè manti sou laverite a. Bon konprann sa pa soti nan Bondye, li soti nan lemonn, nan moun ak nan dyab la. Paske, kote ki gen jalouzi, kote moun ap kouri dèyè enterè pa yo fò k gen dezòd ak tout kalite mechanste. Pou kòmanse, moun ki gen bon konprann ki soti nan Bondye a ap fè volonte Bondye, l ap viv byen ak tout moun, l ap respekte tout moun, l ap tande rezon, l ap gen kè sansib, l ap fè anpil anpil byen, li pa nan de fas ni nan ipokrit. Jak 3 : 13-17.

Jezikri konpare yon bon jan lidè ak yon bon bèje. Li di ke mouton yo va swiv bèje ki sousye de enterè yo. Bon bèje a p ap pèdi okenn nan mouton l yo. L ap pran swen yo, l ap pwoteje yo. Li konpare bon bèje a ak yon volè epi limontre nou kòman pou nou fè diferans ant yo.

Se mwen ki bon Gadò mouton yo, bon gadò a ap bay lavi l pou mouton l yo. Yon nonm k ap fè yon dyòb, se pa yon gadò li ye. Mouton yo pa pou li. Lè l wè bèt

Bon jan lidè a

nan bwa ap vini li kouri kite mouton yo, li met deyò. Lè konsa bèt nan bwa pran mouton yo pote ale, li gaye yo. Nonm lan met deyò paske se yon dyòb li t ap fè. ki mele l ak mouton yo. Mwen menm mwen se gadò mouton yo. Papa m konnen m, mwen konn papa a. konsa tou mwen konn mouton m yo, yo menm tou yo konnen mwen. (Jan 10: 11-14)

Yon dyobè pran pòz lidè l poutèt lajan l ap touche. Li pa bay sila yo ki sou kont li yo regle anyen pou li. Li p ap pè antre nan koripsyon depi l nan enterè li. Yon bon jan lidè ap aksepte menm pèsekisyon depi se pou l pran swen epi pwoteje sila yo ki sou kont li.

Kijan yon moun bon jan lidè?

- ➢ Li gen karaktè nesesè pou l denonse koripsyon sou kèlkeswa fòm li prezante
- ➢ Bondye toujou sèvi ak youn nan sèvitè l yo (yon lidè) pou pote yon solisyon bay nasyon an
- ➢ Lidè yo se moun Bondye fòme pou reponn ak apèl li lè li rele yo
- ➢ Lespri yon bon jan lidè fèt pou konekte ak Lespri Bondye vivan an
- ➢ Yon lidè ou dwe chache sajès ki soti anwo, men se pa bagay yo aprann moun sou latè.
- ➢ Yon bon jan lidè ap aksepte menm pèsekisyon depi se pou l pran swen epi pwoteje sila yo ki sou kont li.

Finisman

*M*ap pwofite pou m voye yon apèl jeneral bay tout Ayisyen k ap viv Ayiti tankou lòt bò dlo. Li lè pou nou fè lapè, sispann goumen youn ak lòt. Met tèt nou ansanm pou n montre lemonn antye yon lòt fwa ankò, ke nan kole zepòl nou ka soti nan move enpas nou ye la.

Frè m yo, men sa m ap mande nou, nan Jezikris, Senyè nou an.Tanpri, mete nou dakò sou tout bagay. Pa kite divizyon mete pye nan mitan nou. Okontrè, se pou nou viv byen youn ak lòt. Mete yon sèl lide nan tèt nou, se pou nou tout gen yon sèl pawòl. (1 Korentyen 1 : 10).

An n pwouve nou konnen Bondye ki kreye syèl la, tè a, lanmè a ak tout sa ki ladann, lè n pran desizyon pou n swiv li. Nou tout ki chwazi swiv jezi se pou nou fidèl ak li epi li va retire nou nan traka n ye la. Se pou nou ini nou pou n rele nan pye Bondye pou pitit pitit nou yo kapab viv yon pi bèl vi konsa yo va pwofite tout okazyon nou te rate yo. Se pou tout sa n ap di osinon sa n ap fè pwouve ke nou repanti pou peche pa nou yo ak pa zansèt nou yo, epi pwouve tou ke nou pran desizyon pou nou sèvi Bondye toutbon an.

Sonje jan Senyè a gen pouvwa, jan li fè moun pè l. An n goumen pou moun menm ras ak nou yo, pou pitit fi nou yo, pou pitit gason nou yo, pou madanm ak kay nou yo. (Neyemi 4 : 14).

Tout sa soti nan Bondye ki fè nou vin zanmi avèk li ankò, granmèsi Kris la. Se li menm tou ki fè m konfyans, ki ban m travay sa pou m mennen lèzòm vini byen avè l ankò. Paske nan Kris la, Bondye t ap fè tout sa li te kapab pou fè moun vin byen avèk li ankò. Li pa t gade sou peche lèzòm te fè. Se li menm ki mete mwen la pou fè lèzòm konnen ki jan l ap fè yo byen avèk li ankò (2 Korentyen 5 : 18-19).

Se pou nou gen lafwa nan Bondye

Lè sa Jezi pran lapawòl, li di yo : Se pou nou toujou gen konfyans nan Bondye. Sa m ap di nou la se vre wi : Si yon moun di mòn sa wete kò ou la, al jete ou nan lanmè, si l pa gen dout nan kè l menm, si l gen fèm konviksyon sa l di a gen poul rive, l ap wè l rive vre. Se pou sa mwen di nou : tout sa n ap mande lè n ap lapriyè, si nou gen fèm konviksyon nou resevwa l deja, n ap wè sa rive vre (Mak 11 : 22-24).

Zanmi lektè, se pou w konsidere liv sa tankou yon kle ki pou louvri pòt trezò Bondye met nan lavi ou. Aprann kwè nan moun Bondye fè w ye a. Retire nan panse ou tout vye dout. Toujou rete kwè w ap pote siksè nan tout sa w ap antreprann akoz lafwa w gen nan Bondye ak pwomès li yo.

Mande ak konfyans san ou pa doute, paske moun k ap doute tankou lanm lanmè van ap boulvèse. Yon moun konsa pa bezwen met nan tèt li l ap resevwa anyen nan men Senyè a. Se yon moun ki pa konn sa li vle, ki toujou ap chanje lide nan tout sa l ap fè (Jak 1 : 6-8).

Depi jodi a menm, pa janm bliye fraz sa, se pou ou toujou sonje l nenpòt kote ou ye, nenpòt kote ou pase. Fraz sa se : **« Lafwa se kle siksè m. »** Bat pou lespri w marye ak pawòl sa, paske pawòl Bondye fè nou konnen : Konsa se lè ou tande mesaj la ou vin gen konfyans. Mesaj la se pawòl Kris la y ap anonse a. (Women 10: 17).

Anpil fwa nou konn kite dekourajman osinon parès pote nou ale, oubyen nou kite bouch moun kraze rèv nou. Jezi te fè nou konnen, lè li te sou latè: Depi sou tan Jan Batis jouk jodi a, peyi wa ki nan syèl la anba gwo goumen. Se moun ki konn goumen k ap antre ladan l. (Matye 11: 12). Mesaj la klè: aprann goumen pou w ka reyalize rèv ou.

Zanmi mwen yo, mwen di nou mèsi paske nou te entèrese ak liv sa nou sot li a. Tanpri, pa janm bliye mwen nan lapriyè nou fè chak jou yo, pou Bondye kapab sèvi avè m tankou yon zouti pou sèvis li toupatou nan lemond. M ap mande nou tou pou nou priye chak jou pou peyi dAyiti.

Se pou benediksyon Bondye swiv nou nan lanmou Senyè Jezikris a.

Frè w ak zanmi w,

Apòt Bitol Odule

Plan pou sove a

È ske w deside resevwa kado gratis Bondye a ? Si ou dakò, ou dwe priye Senyè a nan pwòp mo pa nou. Men si ou ta bezwen yon ti kout men ou ka sèvi ak priyè sa.

Senyè Jezi, mwen konnen mwen se yon pechè. Mwen konnen ou te mouri pou mwen. Mwen regrèt peche m yo e mwen mande ou padon. Kounye a mwen envite w antre nan kè m ak nan lavi mwen, tanpri souple, Jezi. Nan moman sa menm, mwen deklare ak bouch mwen ou se sovè m epi m pwomèt ou pou m swiv ou kòm Senyè m ak sovè mwen. Mèsi poutèt ou sove m. Amen ! Senyè, m ap mande w pou beni chak Ayisyen nan nenpòt peyi kote li ye, avèk yon lòt mantalite k ap fè ou plezi. Kounye a fè kè nou kontan pou menm kantite jou nou te nan lapenn, pou menm kantite ane nou te pase nan mizè akoz nou t ap sèvi dyab.

Kounye a fè kè nou kontan pou menm kantite jou nou te nan lapenn, pou menm kantite lane nou pase nan mizè. Fè moun k ap sèvi w yo wè sa ou ka fè. Fè pitit pitit ou yo wè jan ou gen pouvwa. Senyè, Bondye nou, pa sispann ban nou favè ou, fè nou reyisi nan tout sa n ap fè. Wi, fè nou reyisi nan tout sa n ap fè. (Sòm 90 : 15-17).

Mwen di w mèsi paske ou reponn priyè m, epi se pou benediksyon kouvri nou jenerasyon an jenerasyon.

Liv sa mwen prezante nou an te prepare tankou yon zouti referans pou tout Ayisyen ak zanmi peyi dAyiti ki vle wè yon bon jan chanjman nan peyi nou an. Ak liv sa, dirijan nou yo ak nou menm pral konnen ki sa pou nou fè pou n soulaje peyi sa k ap soufri nan sèvis ak esklavaj satanik depi plis pase desanzan.

Nòt:

1. Henry, M., 1997. Kòmantè Matthew Henry (Ezayi 59:9). Logos Research Systems: Oak Harbor, Wall

2. Jamieson, R., Fausset, A. R., & Brown, D. 1997. Kòmantè kritik e eksplikatif, sou ansyen ak nouvo testaman. (wom 3:18). Logos Research Systems, Inc: Oak Harbor, WA

3. Henry, M., 1997. Kòmantè Matthew Henry (1 kor 6:1-9). Logos Research Systems: Oak Harbor, WA

4. Henry, M., 1997. Kòmantè Matthew Henry (Efez 5:5-14). Logos Research Systems: Oak Harbor, WA

5. Jamieson, R., Fausset, A. R., & Brown, D. 1997. Kòmantè kritik e eksplikatif, sou ansyen ak nouvo testaman. (Efez 5:13-14). Logos Research Systems, Inc: Oak Harbor, WA

6. Enfòmasyon sou richès ak povrete an Ayiti. http://www.nationsencyclopedia.com/economies/ Americas/Haiti-POVERTY-AND-WEALTH.html ixzz1tFZjSp8k #

7. Enfòmasyon sou richès ak povrete an Ayiti http://www.nationsencyclopedia.com/economies/ Americas/Haiti-POVERTY-AND-WEALTH.html ixzz1tFZjSp8k #

8. Easton, M. 1996, c1897. Easton diksyonè biblik. Logos Research Systems, Inc: Oak Harbor, WA

9. Henry, M., 1997. Kòmantè Matthew Henry (Am 5,1-7). Logos Research Systems: Oak Harbor, WA

10. Henry, M., 1997. Kòmantè Matthew Henry (Sòm 127:1). Logos Research Systems: Oak Harbor, WA

11. Jamieson, R., Fausset, A. R., & Brown, D. 1997. Kòmantè kritik e eksplikatif, sou ansyen ak nouvo testaman. (Mat 12:47-49). Logos Research Systems, Inc: Oak Harbor, WA

12. Henry, M., 1997. Kòmantè Matthew Henry (Pwo 16:32). Logos Research Systems: Oak Harbor, WA

13. Henry, M., 1997. Kòmantè Matthew Henry (Pwo 16:32). Logos Research Systems: Oak Harbor, WA

14. Henry, M., 1997. Kòmantè Matthew Henry (kol 2:8). Logos Research Systems: Oak Harbor, WA

Nòt:

15. Henry, M., 1997. Kòmantè Matthew Henry (Det 8:10). Logos Research Systems: Oak Harbor, WA

16. Istwa dAyiti, Wikipedia Ansiklopedi lib.

17. Henry, M., 1997. Kòmantè Matthew Henry (Egz 16:1). Logos Research Systems: Oak Harbor, WA

18. Jamieson, R., Fausset, A. R., & Brown, D. 1997. Kòmantè kritik e eksplikatif, sou ansyen ak nouvo testaman (Ex 16:3). Logos Research Systems, Inc: Oak Harbor, WA

19. Henry, M., 1997. Kòmantè Matthew Henry (Egz 32:1). Logos Research Systems: Oak Harbor, WA

20. Jamieson, R., Fausset, A. R., & Brown, D. 1997. Kòmantè kritik e eksplikatif, sou ansyen ak nouvo testaman (Egz 32:35-33:1). Logos Research Systems, Inc: Oak Harbor, WA

Si w ta renmen kontakte nou oubyen fè yon kòmante, ekri nou sou Adrès elektwonik sa: haitireturntogod@gmail.com oubyen vzite sitwèb nou: www.missionjususisthelight.com

www.ingramcontent.com/pod-product-compliance
Lightning Source LLC
LaVergne TN
LVHW091553060526
838200LV00036B/822